有光

—— 要有光！——

阿 剑 ———— 著

事已至此，走保险吧

GUANGXI NORMAL UNIVERSITY PRESS

广西师范大学出版社

·桂林·

图书在版编目（CIP）数据

事已至此，走保险吧 / 阿剑著. -- 桂林：广西师
范大学出版社，2025. 6. -- ISBN 978-7-5598-8197-7

I. I25

中国国家版本馆CIP数据核字第20256FC928号

SHI YI ZHI CI, ZOU BAOXIAN BA
事已至此，走保险吧

作　　者：阿　剑
责任编辑：彭　琳
特约编辑：安　琪
装帧设计：尚燕平
内文制作：陆　靓

广西师范大学出版社出版发行

　广西桂林市五里店路 9 号　邮政编码：541004
　网址：www.bbtpress.com
出版人：黄轩庄
全国新华书店经销
发行热线：010-64284815
北京启航东方印刷有限公司印刷
开本：787mm×1092mm　1/32
印张：9.5　　　字数：140千
2025年6月第1版　2025年6月第1次印刷
定价：48.00元

如发现印装质量问题，影响阅读，请与出版社发行部门联系调换。

目录

奇葩保险和劳合社

我刚进保险公司工作时，参加过一个面向新人的保险知识培训，一份保险发展史的培训资料令我好生奇怪，资料中写道：

> ……英国劳合社的社员相继开发"神奇动物保险""橄榄球胸口保险""石头喉咙保险"……

单从这三个奇怪的名称，我完全不能理解是什么保险产品，特别是最后一个，为什么是"石头"？难道是印错了吗？

为了弄清楚真相，我开始查阅资料。

我终于明白了，奇怪的名称是中英文翻译造成的，"神奇动物保险"准确的翻译应该是"超自然生物保险"，"橄榄球胸口保险"应该是"橄榄球运动员胸部保险"，"石头喉咙保险"则应该是"摇滚歌手喉咙保险"。为什么当时翻译成"石头"了呢？原来这一保险英文名称中的"ROCK"一词，既有石头的意思，也有摇滚歌手的意思，我估计这份资料的中文翻译不懂保险。

虽然找到了保险名称怪异的原因，但它们的险种内容仍旧使我好奇，于是我继续探求。

首先是"超自然生物保险"，这是我觉得最不可思议的保险。

这一保险是劳合社社员在 2002 年开始推向市场的，主要用来理赔幽灵、狼人、吸血鬼等超自然生物对被保险人袭击造成的损失。

针对不同的袭击情况，保险理赔条款分为四个等级，分别为：

最高赔偿：因超自然生物袭击，导致死亡；

二级赔偿：受超自然生物袭击，造成人身伤害；

三级赔偿：被超自然生物惊吓，造成精神损伤；

　　四级赔偿：因超自然生物导致的其他
财产损失。

　　如果被保险人出险报案，保险公司会派出当地
权威的幽灵猎人和灵媒师进行查勘，只要幽灵猎人
和灵媒师确认无误，保险公司就会进行赔偿。

　　皇家猎鹰酒店坐落在英国萨福克郡东部，是超
自然生物保险的第一批客户之一。

　　该酒店是当地最著名的幽灵酒店。据酒店侍者
称，从 1976 年开始，他们经常在深夜遇到一个中世
纪打扮的修道士来酒店讨酒喝，如果不给他酒喝，
他就用穿墙术捉弄侍者。他来的时候，若看见酒店
还有别的顾客，就会往顾客杯子里丢石子，将顾客
赶走。

　　这一怪谈曾在英国广为流传，甚至登上新闻报
纸，一时间人心惶惶。英国政府对此十分关注，派
出科学调查小组对酒店进行调查。

　　当地报纸对这件事进行了报道：三名科学调查
小组调查员抵达酒店后，就立刻要求酒店老板清空
了酒店所有员工和旅客，随后对酒店展开地毯式调
查，但一无所获。

到了晚上，三名调查员开始守夜。凌晨 3 点，他们听到地下室传来奇怪的噪声。奇怪的噪声持续了近两个小时，但他们始终找不到噪声来源。

凌晨 4 点 45 分，酒店里忽然出现许多来来往往的脚步声，但他们在酒店里再次搜索，并没有发现其他人。

之后循着声音来源，他们找到酒店地下室。刚进入地下室，地下室的门就被猛地关上了。他们连忙转身去推门，却怎么也推不开。这时，一位戴着兜帽的修道士从黑暗中飘然而至，用古英语对他们侃侃而谈，最后穿墙遁去。直到第二天早上，酒店老板来酒店查看，三名被困地下室的调查员才得以获救。

对于这份报纸的报道，三名调查员表示这是当地报纸为了噱头而杜撰出来的故事。

在后续官方的调查报告里，对这件事给出了另一个解释：在 15 世纪，萨福克郡有一位富商，曾在城市地下修建过一个巨大的隧道网络。皇家猎鹰酒店地下室有处暗门，与旧时的地下隧道网络相通。一些好事之徒假扮幽灵，通过隧道网络和这处暗门，就可以来到酒店内部。那个戴着兜帽讨酒喝的修道士就是这群好事之徒假扮的。居民们经常在街上看到的幽灵，也是他们通过地下隧道网络做的恶作剧。

不过小镇的居民更相信当地报纸的报道，因为后来，皇家猎鹰酒店被当地警方要求封闭地下室之后，幽灵修道士依旧常在酒店附近出没。

2002 年，劳合社社员推出超自然生物保险，皇家猎鹰酒店立刻购买了这项保险。酒店每年缴纳 1500 英镑的保费，保险的保额为 500 万英镑，用于弥补幽灵对酒店顾客和侍者造成的损失。

看到超自然生物保险销量可观，劳合社社员又推出了外星人绑架保险。这项保险产品的销量也不错，一年能卖出 3 万多份，其中有一半的销量来自美国内华达州东南部的林肯县。

林肯县以寒冷的高原、干燥的沙漠、贫瘠的土地著称，但当地的居民颇为富足，原因就是大名鼎鼎的"美国 51 区"也坐落于此。

"美国 51 区"是美国高度机密的军事重地，美国境内少有的几处在谷歌地图上打马赛克的区域之一，常年禁止游客靠近。在百科词条上，"美国 51 区"是美国秘密研究和测试新型空军飞行器的地方，如 U-2 侦察机、黑鸟侦察机等都在此处研发和测试。民间传闻，"美国 51 区"其实是研究 UFO 和外星人的秘密机构。"美国 51 区"也经常出现在各种科幻小说、电影和电视剧里。

每年，数以万计的游客前来林肯县旅游参观，给这里带来了巨大商机。

夜幕降临，人们站在林肯县的沙漠里，仰望着浩瀚夜空中的点点繁星，经常能目睹到散发着奇异光芒的流星从天空中急速划过。据说，林肯县附近经常有 UFO 出没，不少人目击过，还拍到过各种 UFO 的照片。而"美国 51 区"的存在，更增加了这个地方的神秘感。

外星人绑架保险因此成为当地热销的保险产品。这项保险产品的售价是 9.9 美元，如果遭遇外星人绑架，可以收到 1000 万美元的理赔款。

劳合社的资料中有过这样的记载，林肯县曾有两起外星人绑架保险成功获得理赔的案例。

一起是一位游客来林肯县观光时遭遇外星人绑架的案件。这一幕恰巧被人拍摄下来，保险公司鉴定不出拍摄的照片和照片里的内容有任何造假，认定案件属实。

一起是林肯县当地的一位居民声称自己被外星人掳走的案件。他向保险公司出示了外星人在他体内的植入物，经过麻省理工学院验证，发现这个植入物的材质是"不存在于地球上的物质"。据说这个植入物后来被麻省理工学院收藏，用于科学研究。此案也被保险公司认定为情况属实。

根据外星人绑架保险条款，两起案件分别予以1000万美元的理赔款。

不过，按照外星人绑架保险条款规定，1000万美元理赔款将分期支付，每年支付1美元，1000万年支付完毕。这种理赔支付方式也是够魔幻的。

"摇滚歌手喉咙保险"和"橄榄球运动员胸部保险"都属于身体部位保险。

身体部位保险本质上还是一种意外伤害保险，但和普通的意外伤害保险不同，它只对投保的特定身体部位受伤予以理赔。而且，这种保险的保费和保额也远远高于普通的意外伤害保险，成为真正的天价保单。

身体部位保险的主要客户是名人、明星、运动员，以及一些特殊行业的从业者，这些人是依靠这些身体部位进行表演、比赛或完成特定工作的。因此一旦这些部位受伤或发生意外，这些人的职业生涯必将受阻，从而严重影响他们的商业价值。

比如说，美国摇滚歌手布鲁斯·斯普林斯汀长期登台唱摇滚乐，喉咙容易受伤，他就给自己的喉咙投了 350 万英镑的摇滚歌手喉咙保险。

美国演员亚美莉卡·费雷拉则投了 1000 万美元的面部保险，用来保障她的标志性笑容和洁白牙齿。

贝克汉姆和罗纳尔多在当运动员时，就各自为自己的腿、脚掌连同脚趾投保，保额分别是 1.9 亿美元和 1.4 亿美元。

诸如此类的例子还有很多。

为什么身体部位保险会有如此高的保额？有两个原因。

一是名人本身就身价不菲。明星的身价是根据影视剧的片酬、广告代言费、出场费等综合计算的，根据身价，再来倒推出不同身体部位的保险价值。

二是保额高昂也能起到一定的宣传作用。高昂保额的保险能让人感觉被保险人身价高贵，这等于是他们投资了一份广告。比如说，当你知道亚美莉卡·费雷拉购买了 1000 万美元的面部保险时，即使没见过这位明星，你也能从这份保险中联想到：她一定有一副精致的面孔和一口洁白的牙齿。

英国咖世家咖啡店为他们的咖啡师购买了总价1330万英镑的嗅觉和味蕾保险，这一新闻立即成为人们热议的焦点，广为传播，来这家咖啡店品尝咖啡的顾客暴增。喝他们家的咖啡，成为一种身份高贵的象征。

这些天价保单的购买者一般不是被投保者本人，而是他们的经纪公司。保险公司理赔时，也是对经纪公司进行赔偿。

对被保险人来说，身体部位保险不仅能起到广告作用，万一出险了，还能得到保险公司的一笔理赔款，可以说是一举两得。

虽然在保险合同上，身体部位的保额很高，但实际出险时，并不是直接理赔全部保额，而是要根据被保险部位实际受损程度，查勘具体情况，酌情进行理赔。

随着我对保险行业的不断了解，我得知这些所谓的"奇葩保险"，真正的学名叫作"特殊风险保险"。

特殊风险保险市场，我们国内还在开发。但国外已经相对成熟了，尤其是在英国，只要客户愿意出价，保障内容不违法，劳合社就可以"无所不保"。

劳合社之所以能做到这一点，是因为它的特殊性质：劳合社不是一家保险公司，而是全球最大的保险人组织，它不直接经营保险业务，只是为其社员提供交易场所和相关服务。世界上大多数保险公司和个体保险商都是劳合社的社员，这些社员的保险产品都可以称为劳合社的保险产品，所以劳合社的保险产品包罗万象。

顾客可以在这里自由挑选保险产品，如果没有自己满意的保险产品，就可以像定制服装一样，找劳合社的保险经纪人"定制"，把自己的保险需求发给保险经纪人。他们根据顾客的需求，物色合适的保险商，只要保险商认为有利可图，愿意承接，劳合社的内部机构就会协助保险商设计相关保险产品。

你可以把劳合社想象成一家菜市场，菜市场里的商贩就是劳合社社员，各种商贩带着自己的商品来到这家菜市场里进行经营销售，商贩的商品也可以称为这家菜市场的商品。我们通常会说"走，我们去某某菜市场买菜去"，而不会直接说"走，我们去某某商贩那里买菜去"。

三百多年来，劳合社以这种"菜市场"模式，历经世界风云变幻，仍立于不败之地，成为国际保险业的风向标。它也是世界上历史最悠久的保险组织之一。现如今，世界各地的保险产品，基本上都是以他们的保险产品为标准，直接使用或参考设计的。所以，说到保险，就不得不提劳合社。

劳合社发展至今，开创了世界保险行业的许多"第一"：第一份盗窃保险单、第一份车辆保险单、第一份飞机保险单、第一份计算机数据保险单、第一份卫星保险单……

了解这些有趣的资料后，没多久，我的保险行业之旅开始了。

理赔新手与外卖员的交锋

我的故事是从 2019 年 11 月开始的。

2019 年 11 月到 2023 年 9 月，三年多的时间，我在福建一座沿海城市的财产保险公司工作。

这家保险公司规模不大，全国的分公司加在一起，员工总数有 1500 人，在业内属于中小规模的公司。

我进入这家保险公司是一位从事保险工作的亲戚建议的。

我大学毕业后，找不到合适的工作，便在家里待了一段时间。时值这家保险公司招聘业务员和理赔员，亲戚得知这一消息后，动员我去试试，于是我在网上报名，向这家公司递交了个人简历。

我之所以选择理赔岗，也是听从了亲戚的建议。

　　业务部、理赔部是保险公司最重要的两个基层部门，保险业务基本上是通过这两个部门运转起来的。这两个部门是保险公司业务运行的前后两端，业务部负责推销保险产品，理赔部负责处理出险案件。业务部负责"进钱"，理赔部负责"守钱、出钱"。

　　客户为了保障安全、规避风险，去购买保险产品，一旦发生事故，申请保险理赔，理赔员的工作就是调查事故原因，给客户合理支付保险赔偿金。

　　亲戚是这么给我介绍的。

　　不过，说实在的，当时我对保险这一行业实在喜欢不起来，更确切地说，是抵触。在我的认知里，保险是不入流的行业，普通的大学毕业生若是没有一技之长，想要在大城市生存下去，要么去做保险，要么就做房地产销售。但家里人规劝我："现在工作不是那么好找，你还是先去这家保险公司做做看吧。"

　　说实话，当初我去面试时，心里总有那么一点儿向现实生活低头妥协的无奈。在我的想象中，从事保险工作就是大家都穿着同样的西服，每天上班前集体喊口号，然后用卑微、奉承的语气联络客户，给客户推销保险产品，整天忙东忙西的。再加上时不时有一些负面新闻报道，让我觉得整个行业不是那么光鲜。因为这一点，我收到面试通知的时候，也没有多么兴奋。

公司有两个理赔部，一个是车险理赔部，另一个是非车理赔部。

我面试的部门是非车理赔部。

从名字上就能看出来，车险理赔部专门处理车辆保险的事故报案，非车理赔部则是处理车辆保险之外的事故报案。2019年那会儿，车险是我们保险公司的主营业务，60%多的出险案件是车险，30%左右是非车险案件。后来到了2023年我离开公司时，因为市场政策、公司战略等各种因素，这一比例颠倒过来，非车险业务量逐渐增多，车险业务量反而越来越少了。

到非车理赔部面试时，面试官只有非车理赔部部门总监老黄一个人。他身材高大，四十多岁，戴着一副无框眼镜，坐在我对面，给人一种十足的压力感，灰色衬衫袖口向上卷着，好像随时准备大干一场一样。

他问了我几个正常面试常问的问题：大学学的

什么专业？为什么要投我们公司？对公司有没有什么了解？知不知道保险理赔是做什么的？

当时我有点儿紧张，拘束地一一作答："大学学的是财务专业。我只在百度上搜过公司的信息。投简历是因为亲戚建议的。理赔我只晓得是给客户进行赔偿……"

他听完后，皱起眉头打量了我一番，又看了看我的简历。"做理赔要跟客户打交道，沟通能力要强，你说话好像有点儿心虚，这毛病得改一改，其他的可以边做边学。先试用三个月，工资按照 70% 发，要是你适应不了这份工作，随时走人，能接受吗？"

我点点头。

面试就这样简单结束了。接着，他安排我去参加新人培训。

和我一起参与培训的还有三个人（两男一女），都和我年龄相仿，他们也是应聘理赔岗位的，但招聘信息上这一岗位只招聘一人。我顿感竞争压力很大，尤其是得知他们都是大学保险专业出身，就我一个"野路子"时，我感觉自己被正式录用的机会渺茫。

给我们上课的是非车理赔部员工，姓齐，长得胖乎乎的，年龄看上去大我几岁，他让我们叫他齐哥。"几位我未来的同事，"他说，"我现在是理赔部资历最浅的，等到你们来了以后，这个宝座就让给你们了，不想坐都不行。"

新人培训的内容不是很多，我虽然之前没有接触过保险，但也没有感觉太难，认真听课，记住各种专业名词、法律条款以及应对一些客户的话术、礼仪就可以了。我一向记忆力不错，对所学内容看上两三遍，基本上就都掌握了。

不过，和我一起培训的另外两位男生却觉得培训内容很难，跟他们在大学里学过的内容不太一样。每节培训课后，都会有一次试卷测试，他们几次测试没通过后，便不再来上课了。另外一位女生在上最后一节培训课之前也走了，最后一节课竟只剩下我一个人了。

我入职之后，在经过公司另一个部门时，又遇见和我一起培训的那个女生。这时我才知道，她本来是应聘那个部门的，只是当时那个部门的招聘名额还没有审批下来，就先用理赔部招聘新人的机会进到公司参加培训了。等到那个部门的名额申请下来后，她就直接转过去了。

当时我对这一系列操作很不理解，后来才知道，这在人事招聘上是很常见的。

为期两周的培训结束后，我顺利进入了非车理赔部。

非车理赔部共有七个人：老黄是部门总监，欧阳和胡工都是部门科主管，部门内勤是华姐，齐哥和大刘是资深理赔员，还有一个新人，就是我。

老黄安排欧阳指导我。借用互联网公司的名词，欧阳是我的"MENTOR"（导师）。他四十多岁，皮肤黑亮，脸上像在时刻冒油一样，两条又黑又粗的眉毛，额头之间总拧着一根悬针。

老黄向他介绍我时，他抬头看了我一眼，对我点了一下头，不带任何表情，然后又低下头去，继续在电脑上工作了。我能看出他的敷衍，我本来在心里练了好多遍：见到同事和上级时，恭敬地上前去握手，谦虚地对他们说"请多关照"。现在遇到这样的场景，我心里预演多遍的表情、动作都派不上用场了，只是呆呆地站在那里，尴尬得不知如何是好。

老黄瞅了我一眼，对我说："你从今以后就跟着欧阳老师学习吧。"

欧阳听罢，连头都没抬，双手敲着键盘，停都没停一下，就拒绝道："不行不行，我今天忙得受不了，你找别人吧，我没时间。"

老黄看他这样，也拿他没办法，只好找来齐哥，让他先带我熟悉一下办公环境。

齐哥带我在办公室转了一圈，和大家分别打了招呼，然后又教我如何操作打印机，怎样销毁保密资料等。另外还交代我午休时床放在办公室哪个位置最舒服。

最后，齐哥看没人注意我们，就用手捂着嘴，在我耳边悄悄说："欧阳脾气怪，你多注意点儿，别轻易招惹他，有啥事，他会喊你的。"

我感激地对他点了点头，换来他亲切地拍拍我的肩膀，好像我们已经是同一个战壕里的亲密战友了。

我们部门的工位是按资历排的，分配给我的工位在办公室的最前面，靠近办公室大门。我在工位坐下后，拉开办公桌抽屉，发现里面很凌乱，存放着不少以前同事留下的物品。我正忙着收拾时，欧阳忽然来找我，他悄无声息地一下子站到我跟前，吓了我一跳。

"你把那些东西都丢掉吧，全是垃圾，一点儿价值也没有。"他冷着脸对我说，"你准备准备，我下午带你去现场查勘。"

"查勘？"我茫然地重复了一句。

"对，就是去调查一个案子。没听过这个词？小胖子怎么教的？"他一边说，一边回到自己的工位上，毫不理会因为"小胖子"这一称呼而向他挥拳抗议的齐哥。

我茫然的不是"查勘"这个词。按照我的理解，我应该先看几天前辈们的案件处理报告，学习学习他们的工作经验，然后再去实地查勘，这中间至少要有一周的过渡期吧。

我在新人培训期间学的都是皮毛，一上岗就让我开始处理案件，我心里实在没底，担心把事情搞砸了。

欧阳说："在家看一年卷宗，不如我带你去查勘几回，只有接触案件，才能真正锻炼人。"说着，他已经把案件理赔资料发到我的企业微信上了。

被保险人姓李，是一名外卖员。前天凌晨 1 点，他骑电动车沿着市中心公园的路，由南向北行驶至十字路口附近时，跟一辆小轿车发生碰撞。根据行车记录仪及现场路段监控记录，外卖小哥骑电动车意欲抢道，车辆司机来不及避让，最终导致交通事故。外卖小哥违反了交通规则，承担此次事故的全部责任。按照规定，我们保险公司应该承担他的医药费和三者车[1]的修车费用。

资料里有一份医院急诊报告书，上面写着：

> 半小时前，患者在公园南路附近遭遇车祸，右小腿皮肤及肌肉大面积擦伤，左臂肘部扭伤，无生命危险。

还有几张照片，一张是外卖小哥的腿部伤口照片，从小腿中段外侧一直到膝盖的一大块皮肤被掀飞，褐红的血痂混着牡蛎色的皮下组织暴露在外，旁边还有一大摊血。一张是他左手小臂的照片，肘关节摆成不自然的形状。这两张照片看得我生理不适，有些反胃。

还有一张事故现场的照片，银色汽车停放在路边，天色很黑，路灯很暗，车牌号要很仔细看才能

1　三者车：指发生交通事故时，被保险人之外的第三方车辆。

看清。

此外，还有外卖订单截图、平台软件保险出险截图、路程导航的截图、聊天记录截图。

外卖小哥买的是外卖平台和我们保险公司合作的外卖骑手保险，每张保单保费 3 元，有效期一天。外卖骑手账号与平台绑定，只要接单，平台便会自动扣下当天保费。保单的承保责任范围是骑手当天在送餐途中遭遇的意外事故。当时，这种保险的人身意外赔偿限额是 10 万元，交通意外和第三者责任的赔偿限额是 20 万元。

欧阳考我："知道现有理赔资料还缺什么吗？"

我回忆培训时学到的知识，说："还缺医院发票、病历单和药品清单。"

他补充道："还需要一张医院开具的建休证明，上面有医生写的'根据伤势，建议休息 ×× 天'，凭此算他的误工费金额。"

接着他又考我："你再看看外卖订单截图和导航图有什么蹊跷？"

外卖订单截图和导航图显示了外卖小哥当晚的送餐路径：他从公园南路的一处饭店出发，往公园北路的小区送餐，经过湖心公园时，最佳路线是沿着公园中路走直线，外卖小哥却围着公园绕了一大圈。

外卖小哥给出的理由是：公园中路在修路，过不去。

但此案最大的疑点就在此。虽然市政通知修路，但事故当天并没有开始动工封路，电动车是能开过去的，外卖小哥应该清楚。

外卖骑手保险是对送餐途中的安全进行保障，他为什么要舍近求远去绕路？如果是送餐之外的事情造成的事故，保险责任是不成立的，就不用理赔了。

欧阳和我确认好案件情况，已经到了中午，该吃饭了。我们约好下午再去医院见被保险人——外卖小哥。

午饭是我点的外卖，我吃了两口就吃不下去了。一想到给我送外卖的外卖员没准就是我们保险公司的客户，我就想起手上的外卖小哥案件，他的伤口图片也立刻浮现在我脑海里，挥之不去，我实在没有胃口吃饭。

齐哥跟大刘吃完午餐，准备下楼散步，出办公室路过我的工位，看见我不吃饭，得知了我的心事。

大刘认真地表示理解，说："新来的都这样，要有个适应期。别想那么多了，强迫自己吃点儿吧，你下午还要跟欧阳出去查勘呢。"他说完，我才勉强又吃了一些。

午休后，欧阳把部门车的钥匙丢给我，让我去开。

我在两年前拿过驾照之后就没摸过车，再加上中午没吃饱饭，大脑有点儿迟钝，开得很慢，后面的车急得直按喇叭。欧阳在副驾驶上打盹，装作没听到。

十几分钟的车程，我开了半个多小时才到。

欧阳下车前揶揄说："我在办公室睡觉都没在车上睡这么安稳，今后要是谁失眠，就坐你开的车，保证能治好。"

我没有说话。

超市的箱装牛奶买一赠一，欧阳示意我付钱，然后又提醒我收好发票，回头找老黄报销。

回到车上，他接下来的一番行为，让我着实惊讶：只见欧阳熟练地用钥匙把捆绑两箱奶的胶带拆开，再把标着"买一赠一"的贴标撕掉，一箱牛奶放在车后座，另一箱叫我提着，整个过程毫不避讳。

我想起小票只显示了一箱牛奶的价钱，很明显，他是打算私吞这箱牛奶。没想到他这样做事，我欲言又止。

在医院楼下，我们又买了一份盒饭，还是我付的钱。到了病房门口，欧阳叮嘱我到时不用说话，只看他怎样说话办事就行了。

那是有六个床位的大病房。南方10月初的下午，气温高得出奇，住院楼的病房窗户又朝西，欧阳推开门，一股混杂着消毒水味、腐烂水果味、汗味的热浪扑面而来，顿时熏得我头晕眼花。

偌大的房间里，消暑设备只有天花板上嗡嗡作响的风扇，空调没开。几个病人家属在小声聊天，一看我们进来，提防地看了几眼。

此时，案件的伤者——我们的被保险人外卖小哥正在午睡。

他的床位在最里面，正好躲开了窗户照进来的阳光。不像其他病人有陪床家属，他独自一人窝在床上，显得很冷清。他腿上缠着绷带，胳膊吊着，头上也缠着绷带，应该是缠了一段时间了，有点儿脏，绷带下面隐约有褐色的血痂。他的脸上没有血色，只有缓慢起伏的胸口好像在告诉别人他还活着。

我看见他的外卖服被随意塞进病床床头柜下面，上边的血痕没洗，已经发黑了。床头柜上胡乱摆着药片、水壶、手机。欧阳示意我把牛奶放在他的床头柜旁边。我刚走过去，他就醒了。

他叫欧阳"理赔大哥"。欧阳把他病床周围的帘子拉上，把买来的盒饭递给他，询问他的伤情。

他直叹气，接过盒饭，嘴里嘟囔着："这世上没人对我好，要不是你们来了，我就要饿死了。"

欧阳没说话，调出手机的水印照相机给我，然后他提起那一箱牛奶，让我给他和外卖小哥拍张合影，证明牛奶送到了被保险人手里。

外卖小哥配合欧阳拍完照片，开始吃饭，边吃边说些寻死觅活的话："我都活腻了，我跟人打听过了，从医院跳下去，能赔30万，我打算夜里想办法把窗户上的限位锁打开，往下一跳，你们也轻松了……"他说得有气无力，我听得真假难辨。

欧阳搬了把椅子坐在他床跟前，劝他："你还这么年轻，得好好活着，这点儿车祸算什么。"没劝几句，小哥就哭了，眼泪吧嗒吧嗒滴到盒饭里，一声哭腔冒出来。他哭诉自己一点儿钱都没了，还贷款了几万，现在那个撞他的车主还要他赔偿修车的钱。接着他就拉着我，讲述自己之前的经历。

他以前也风光过，作为健身房的老板，他在全市有好几家分店，手底下一群员工。当他抵押房屋和健身房设备贷了一大笔款，正准备大干一场时，没想到合伙人卷走全部资金人间蒸发。一夜之间，除了债务，他什么都没有了，连家里人都躲着他，女朋友也和他分手了。现在他就剩一条命跑外卖还债……

他一边说，一边哭，又说现在肯定是骨头断了，耽误跑外卖挣钱……小哥说着说着没了声音，闷了一会儿，眼巴巴地问我们能赔多少钱，能不能先给他垫点儿钱。

欧阳表示不可能，保险是补偿性原则，理赔就是有理有据才能赔，不能漫天要价，没看到治疗费用清单前不可能先赔。另外，我们也不可能全报销他的所有医药费，保单上有特别约定，赔款时还要扣除非医保费用及 20% 的免赔额。

免赔额是保险公司理赔时的一个赔偿门槛。赔偿的时候要扣除这一部分的金额。保险公司以这种方式、这一机制来控制成本，同时提醒被保险人生活中要更加谨慎。不同险种免赔额不同。一般来说，风险越高的险种，免赔额就越高。

小哥一听"免赔额"三个字就立马变脸，嘴上骂骂咧咧，说他从来没听说过免赔额，一定是欧阳胡诌的，扣下来的钱都落到欧阳自己的口袋里了。他又说送外卖每天上班就是给保险公司交保险费，一天3元，天底下有1000万个外卖员，一个月就是9亿，9亿养了一群饭桶……接着，他什么脏话都往外蹦，变脸之快让我措手不及。

欧阳见他翻脸，一下子站了起来，指着他大声说道："你放文明点儿，冷静冷静，不冷静的话，我们没得谈！"

外卖小哥不理欧阳，对着我俩继续骂，周围的病人和家属不知怎么回事，纷纷感到好奇，都伸长脖子围观。我气不过，正准备回敬两句脏话，还没张口，欧阳直接拉着我走出病房。

欧阳拉着我来到医院的小花园，递烟给我。我摆摆手婉拒，心里对刚才外卖小哥的行为感到不爽。

他在小花园吸烟处给自己点上一根，自顾自地抽起来，一句话不说。没过一会儿，他的手机响起来，他没有接。

"电话是外卖小哥打来的。"电话铃结束了，他说，"不出三分钟，他还会再打来。"

果真，电话打来了——不过这次是我们公司客服打来的。他一看是客服的号码，不敢怠慢，连忙接起来，对着电话好声回答。

刚才欧阳不接外卖小哥的电话，对方打到客服那边投诉了。

挂上电话，欧阳又变回了那副胜券在握的模样，说："走，咱们回病房去！"

路上我问欧阳："是不是所有的外卖骑手保险处理起来都是这么麻烦？"

他说："有一两个就够我们头痛的了，怎么可能所有人都是他这样。你要知道，愿意当外卖员的人都不愿意多事，时间就是他们的金钱，所以他们的案件能远程快速理赔就直接远程了，不会为这点儿事情耽误时间。"

病房里，外卖小哥正吃着剩下的盒饭，看着怒气消了不少，但仍然摆出一副不想说话的模样。欧阳坐下来，语重心长地跟他唠家常。

外卖小哥没有搭腔，他吃完饭，伸手向欧阳讨烟。病房禁烟，欧阳就搀着他进了卫生间。我在病房里干坐着，隐约听见他们俩一边抽烟，一边压低声音聊天。他们俩聊了有十多分钟的样子，直到闻到烟味的护士去拍厕所的门，他们俩才走出来。

我看见小哥脸色缓和多了，态度也变好了，对欧阳有问必答。我还听见欧阳给他推荐了一座很灵验的寺庙，建议他出院之后去拜一拜。不知道他俩在厕所里面聊了什么。

回去的路上，欧阳沉默不语，直到半路等红绿灯的时候，忽然冒出一句："唉，大家都不容易啊。"我知道他打算告诉我外卖小哥的事了。

原来，这个外卖小哥专门在夜间送外卖。

根据平台的规则，晚上 11 点后的外卖有夜宵补贴，他就 11 点以后开始接单，这样每单他能多挣 1 元钱。而且，11 点以后，路上交警少，行人车辆也少，这样他就能多送些外卖。当然，更关键的是他也能避开其他外卖员，他不想看见这些外卖员，只要看不见他们，他就不觉得自己是在送外卖，他自认为这是保护自尊的一种方式。

夜宵的单子比白天少，他在事发那天晚上 11 点半才接到一单。

接了单，他连忙去餐厅取餐。等餐时，有一群青年男女吃完饭正要离开，有说有笑，非常热闹，他突然看到这群人中居然有他的前女友。一想到过去的种种风光，现如今却落魄到这般田地，他顿感无地自容，想躲远一点儿。可前女友看到了他，吃了一惊，拉着她的新男友匆匆离开。

看着前女友极力撇开自己的样子，他难受极了，但也怨不得人家嫌弃。

本来这事就这么过去了。可在送餐途中，等红绿灯的时候，他又遇到了前女友的车，于是他鬼使神差地跟了上去。一开始只是顺路，到后来他想起之前曾借给前女友几千块钱，她至今没还。这笔钱在当时对他来说不算多，但如今在他看来就是很大一笔钱。他一直跟着那辆车，想要讨回借款。

前女友的车在一家 KTV 门口停下，小哥就停下车迫不及待地追上前去，拦住前女友要她归还借款。

前女友不认账，骂他骚扰。外卖小哥恼了，他们俩大吵起来，前女友骂他没本事，说他家被催债人泼油漆，父母被吓出心脏病来，他都不回去看看，这种人渣还不如去死了呢。他一听，不再吵闹，灰溜溜地走掉了。

　　走在路上，他想，要是能逃到什么地方躲藏起来就好了，不再去想还债的事。这时，平台的催单电话打来，系统语音提示他送的外卖即将超时，再不送到，就要扣罚金了。

　　他骑着电动车，加速向目的地赶去。夜风吹过，他看着眼前即将抵达的高档小区，想起自己以前的风光，想起家里人、潜逃的合伙人……他的车速飞快，脑海中反复响起前女友刚才恶狠狠的咒骂：这种人渣还不如去死了呢。

　　红灯亮了，但他毫无反应。

　　接着，一连串的喇叭声混着汽车刹车的声音，闯进他的耳朵。他一阵天旋地转，醒来就发现自己躺在柏油马路上了。他使出浑身力气站起来，发现腿被撞瘸了。但他并不觉得疼，一瘸一拐地还想推车去送外卖，猛地又晕倒下去，不省人事了。

　　他再次醒来时，全身都在疼，已经身在救护车上了。从救护车到医院的十几分钟，急救医生一直对他进行抢救，他好几回疼晕过去。意识模糊之际，他想起自己买过外卖员的保险，这样的伤势保险公司一定会给他赔钱。想到身上的伤痛还可以换钱，他觉得又有盼头了。

欧阳讲完了故事。"无外乎钱。"他说，"被撞坏的第三方车辆的修理费，还有他自己的医药费，这些对他来说都是天文数字。不论他绕没绕路，他确实是在送外卖途中出的车祸。"

我还是有点儿疑惑，结合外卖小哥的说法，他出事故前是为了追自己的前女友，才骑车兜了一大圈，当时已经脱离了送外卖的路线。我不解地问："像他这种情况，中途绕路了，我们这样理赔合适吗？"

欧阳不高兴地答道："什么叫'合不合适'？你培训的时候没学过'意外事故是指不受个人意愿所控制的，不可预料的事故'吗？我们保单上又没有指定他送餐必须走近路。我们保的是他送餐路上的意外，他绕了一圈，最后又继续送餐，回到了送餐路线上，对吧？只要在送餐路线上，就在保险责任范围内。他是为了送餐，而不是为了追人而出的事故，我们只需要确认到这一点。追人只是他绕路的原因，不是发生意外的原因。你明白吗？"

我似懂非懂，发现实际遇到的事故比我培训时学到的案例更复杂，需要理赔员拨开迷雾、抓住重点才行。

后来，欧阳在案件理赔处理报告中这样写道：

  ……被保险人李×在送外卖途中，与行驶中的车辆发生碰撞，被保险人右小腿重度擦伤，左肘扭伤，交警界定，我方被保险人全责。……

一周后，外卖小哥发来医院的发票，被撞车辆的定损结果也出来了。

治疗费 1839 元，全部自费；误工费按近六个月总收入计算，平均日工资为 190 元，建议休息十天，免赔三天，误工费总计 1330 元；营养费每日 30 元，总计 420 元。根据特约免赔额："每次事故绝对免赔额为损失金额的 20%。"扣除免赔额后，我司赔付 2871.2 元。

被撞车辆维修费用 1511 元，外卖损失 147 元，骑手承担外卖损失的 70%。根据特约免赔额："每次事故第三者经济损失免赔额 300 元。"扣除免赔额后，我司赔付 1313.9 元。

该案我司总计赔付：人民币 4185.1 元。

我用微信把理赔方案发给外卖小哥，外卖小哥在微信上问了我很多问题，比如：误工费和营养费怎么算的？这些钱是打到他的账户吗？修车的钱要他先垫付吗？他没想到会有误工费和营养费，本以为我们只赔付住院费和修车费打发他。尽管已经超出了他的预期，满意之余，他还是觉得要是能多赔点儿就更好了。

跟外卖小哥核实完毕后，为了节约时间，欧阳让他找张白纸，写上："此证明用于保险公司理赔，无后续费用，同意按照 4185.1 元一次性结案。"下面请他签名，写上日期，自己拿着拍张照片给我们，然后提供银行卡信息。

几天后，赔款打到了他的银行账户上。

我给外卖小哥打了个电话，通知他去查一下银行账户。他说自己正在送外卖，上次事故后现在还心有余悸，不敢在夜里送了。他现在基本上都是中午跑外卖，中午单子多。我感觉他经历车祸之后与自己和解了。

案件结案了。

【保险冷知识】

　　一些保险公司在"外卖骑手保险"产品中，还会附加"外卖损坏赔偿金"条款。这项条款的赔偿金是赔付给顾客的。如果外卖员在送外卖途中发生意外事故，导致外卖无法送达，只要保单中有这项附加条款，就可以先由外卖员按照外卖订单中的实际金额赔偿给顾客。等到保险理赔结案，根据外卖员提供的赔偿依据，保险公司会将"外卖损坏赔偿金"连同其他保险理赔款一起赔付给外卖员。

　　不同的保险公司，这一项目的赔偿限额有所不同，常见的一般是每次事故最高赔偿限额为 300 元或 500 元。

保险黄牛

保险理赔员每天的主要工作是处理"理赔案件"。我们简称为"赔案"，口头上则是称之为"案子"，在我们部门每天都能听到这样的对话：

"你手上人伤的案子还有几个？再跟进一下吧。"

"收到。"

"现在共保的案子要怎么处理啊？"

"找共保方问问？"

"我们部门这个月能结几个案子？"

"估计至少有 70 个案子吧。"

"你那个案子半年没进展了，对方有什么要求？"

"我今天再联络一下客户。"

我刚到理赔部时，听到同事说"案子"，感到十分新奇，再加上新人培训资料里写的案例都是很曲折离奇的案件，以至于我起初有这样的一种错觉：

理赔工作和侦探、警察的工作差不多，都是破案。

侦探和警察是：找到案件的真相，找出凶手，侦破它。

我们理赔是：还原案子的真相，找出事故原因，衡量受损情况，合理进行赔付。

似乎每个出险的被保险人都藏着什么秘密等待我们侦破似的。

上班一个月后，我的新奇感消退了。作为新人，老黄没有分配给我具体的工作，我只是偶尔跟随其他同事出去查勘。大多数时间，我都是坐在电脑前填表格、统计数据、看卷宗，帮同事跑腿打杂，感到工作有点儿平淡无味。

大多数理赔案件不存在什么疑点，只要客户提供的资料合法合规，就可以直接进行赔付了。

真正难办的是被保险人不满意我们的理赔方案，质疑我们的理赔方案，这时候就需要我们解释理赔方案的制定依据。若是遇到不好沟通的客户，我们需要经过反复沟通，直到双方满意为止。

我多次听过客户质疑："我每年掏保险费给你们，怎么这个不能赔，那个不能赔？业务员卖保险的时候说过都能赔，怎么到你这里就不行了？"

一通解释的电话往往能打上一个小时，一口气解释下来，我们的嘴皮都能磨破。有时候实在说不通，我们就让这一保单的业务员向客户再做解释。

要是客户认同我们的解释，清楚了保单的条款，接受我们的理赔方案，我们的工作就做到位了。就怕那些听完我们的解释后，仍觉得我们是在合伙欺骗他的客户，叫人头痛，无法沟通。

这种情况下，那些不听解释的客户，通常会去消费者协会投诉我们，消费者协会会把投诉转给银保监局。

当银保监局受理投诉时，我们需要在十五到三十个工作日内给出处理决定，不然这件事就会升级为不良记录。不良记录达到一定程度后，银保监局可以限制保险公司的业务范围，并且会影响保险公司的信用评级。

信用评级对保险公司来说很重要，它由第三方机构评估，不同的信用等级代表这家公司的偿付能力。一些公司和个人客户选择投保的保险公司时，会根据信用评级高低来挑选，尤其是一些大型集团的保险业务竞标时，保险公司的信用评级更是起到关键作用。

所以我们对投诉非常重视。

车险理赔部门是投诉高发地，我们经常会买一些油卡备着，就是为了遇到难以处理的投诉客户时，送上油卡来安慰客户，然后请客户取消投诉。

非车理赔部没有这笔专项经费，一是因为非车险的报案量没有车险报案量多，二是因为非车险的投诉相对较少。

银保监局设立"投诉机制"的初衷，是为了提高保险公司的服务质量，预防保险公司违规操作。

但在实际操作中，保险公司面对投诉，大多数会担心公司的名声、信用评级受损，迫不得已答应被保险人的一些无理要求。这种现象，竟使那些别有用心的人发展出一种特殊的职业，他们自称"索赔代理人"，我们叫他们"保险黄牛"。

我们对这群人深恶痛绝。

我第一次跟他们的交锋，是一起雇主工伤责任保险的事故。被保险人姓李，是从河南来的农民工，和老婆一起在一家吉他生产厂打工。

雇主工伤责任保险是吉他厂老板购买的，主要承保工作期间发生的意外事故。这起案件，欧阳评估不难。这家吉他厂是我们的老客户，初步估算理赔额在 10 万元左右，以工伤保险来说金额不算大，欧阳便放心地交给我处理了。

被保险人老李说话有点儿结巴，夫妻俩给人老实巴交的印象。

我同他做案件询问笔录时，他吞吞吐吐，常常话说一半，然后有意无意地停下来，瞧瞧我的脸色，确认我不会发难，才继续往下说。

老李在吉他厂的工作是负责用车床上的线锯把木材板切割成葫芦形状的木吉他背板。据他所说，事故前一天晚上蚊子太多，他一夜没睡好，第二天上工时，操作车床一走神，把自己的手送了进去，结果就是右手无名指和小拇指被削去了两截。他被送到当地医院的急诊，但手指没保住。

诚如欧阳所说，这起案件的原因一点儿都不复杂。按照流程，接下来就是等老李出院，根据他住院期间的费用发票，直接进行理赔。

回到公司，我把探望经过讲给欧阳听，欧阳看到询问笔录里如实写着"被保险人因前一晚蚊子太多，失眠，导致第二天头晕，操作机床发生失误"，忍不住发笑。他提醒我不能这样写，直接写"操作失误"就可以了。

处理这起案件的时候，欧阳一直在指点我。比如探望被保险人之前，他就叮嘱我要怎么说话，要问什么问题，被保险人会提出什么要求，什么话能说，什么话不能说，什么是能答应的，什么是不能答应的……

在正常情况下，雇主工伤责任保险的理赔，通常是保险公司要求老板先给员工垫付医药费，然后我们再根据被保险人的住院发票把理赔款打给老板。至于老板之后要怎么赔偿员工，我们无从知晓。

不过，这家吉他厂的老板明显是不想参与其中，他清楚我们的理赔流程，早就写好了一份授权委托书给保险公司，委托书上明明白白地写着：我司授权该案由保险公司直接跟伤者联系，结案后把赔款直接打到伤者账户上。需要吉他厂提供的材料也一次性给我们提供齐全了，这样他也省心了。

伤者的两根手指被切断，估计不低于八级伤残，需要等到伤者出院后，去伤残鉴定中心确定伤残等级。再过三个星期就要过年了，医院会争取年前让伤者治疗完出院，以便让伤者回家过个好年。

一切似乎发展得都很顺利，我以为会坐等结案，没想到最后会被投诉。

投诉电话是在我做完询问笔录后第四天打给我们公司客服的。

当时我正在帮欧阳打下手，整理理赔案件资料。客服直接联系到欧阳，让他作为我的直属上级，去处理投诉。

我得知被投诉了，难以置信，第一反应是客服会不会理解错被保险人的意思了，老李跟我的交流很顺畅啊！

欧阳把客服发的消息给我看：

进线抱怨：被保险人两根手指被机器截掉，落下残疾，理赔员说只能理赔医疗费和伤残金，后续相关费用不予给付。被保险人因工伤影响今后收入，保险理赔款连他住院期间的费用都不能承担，今后生活会很困难。被保险人要求领导回电话解释清楚。请跟进。

我一头雾水，我是有说我们可以理赔医疗费和伤残金等，也说了保险是补偿性原则，但是后续费用的事情我是一丁点儿都没有提过。我不知道对方是从哪里听说的。

再说，我们的理赔方案还没出呢，他为什么这时候投诉？

欧阳和我一样摸不着头脑。

也许我该庆幸，目前被保险人还只是"抱怨"，不是"投诉"。如果他在通话里明确提到"投诉"二字，那就是正式投诉了。我们公司规定，投诉会记到部门的绩效上，不管投诉最终是否解决，都将扣减部门的年终绩效分。最可怕的是再一步升级，进线到银保监局投诉，我们公司更是要受影响。

欧阳联系到了伤者老李，老李一改之前唯唯诺诺的态度，在电话里骂起我们保险公司，指责我不负责任、故意拖延，训得欧阳连连赔不是。

我在一旁听得委屈又难受，根本理解不了老李为什么态度转变这么大，好像在他眼里，赔多少是我们理赔员说了算似的。我反复思量自己哪点做错了，甚至冒出了自己不适合做理赔员的念头。

欧阳打完电话后，安慰我："什么样的客户都有，不讲理的人也多的是，哪个理赔员没有被客户投诉过？就是不做理赔，别的工作你能确保让所有人都满意吗？你这么年轻，后面的路长着呢，这点儿打击就把你打倒了？振作起来！"

这番话我听着有点儿耳熟，让我想起他之前对外卖骑手小哥说的安慰话了。

他买了不少慰问品，带着我去医院向老李赔礼道歉。

老李"投诉"的理由很简单，他听说有人还没他伤得重呢，就赔了几十万，觉得我们理赔少了。

欧阳解释，可能是因为险种不同，险种要是不同，理赔金额肯定不同。不知道人家保的是什么险。

老李不听解释，大声和我们争辩，认定我们欺负他是农民工没文化，想法子糊弄他。他现在知道了银保监局能管住我们，就威胁说，如果不按照他的要求增加理赔款，他会找银保监局进行投诉。

他给我们开出了 30 万元的赔款价码。我和欧阳震惊了，这超出了估算金额的两倍。

老李的理由是：即使等他伤好了，也不能再做切割工了，老板可能会安排他今后去看护厂区大门，工资太低了；也可能直接给他一笔遣散费让他回老家，但他现在缺了两根手指，回老家做农活儿也困难，今后只能指望老婆生活了。他还有个孩子上大学需要用钱，这样的话，他们家今后的生活就会非常困难，这 30 万元不算多。

欧阳没办法答应，只好放话："你要愿意投诉就去投诉吧！"

人伤案件理赔有专门的计算公式，根据正规医院的医疗发票、伤残鉴定报告、被保险人的工资单、当地的营养费标准来核定误工费和营养费，这些都必须真实，不能他说多少就理赔多少。

回去的路上我理解不了，老李的态度为何转变如此之大？欧阳断定他背后有人在指点。普通人不会想着到银保监局投诉，况且我们都没给老李计算具体赔款金额呢，他为什么说我们赔少了呢？

我怀疑是老板指使他投诉的，这一想法被欧阳取笑了半天。

欧阳告诉我，这家吉他厂的货物运输保险、企业财产保险、员工保险都在我们公司，双方已经合作十几年了，都是有信誉的，没必要这样做。老板之所以让我们直接处理，只是为了省去他不少麻烦，没有别的意思。

春节越来越近，老李在春节前两天出院了。

我们理赔所需要的资料——手术记录发票、医疗发票、老李的工资单——都发来了。我们可以对他进行前期理算赔付了，伤残费要等几个月，鉴定报告出来后另行计算理赔。

医疗费扣除医保基金支付后，自费金额 20320 元，属于理赔范围。

误工费根据医院建休单上的八十天计算，按工资单计算，他平均日薪是 246 元。误工费总计 19680 元。

营养费和陪护费只在住院期间有。营养费标准按照保单的 100 元／天赔付。陪护费按照陪护人老李妻子的日工资 215 元计算。老李一共住院十五天，营养费和陪护费总计 4725 元。

以上这些费用总计后，还要扣除保单规定的 10% 免赔额。

前期理赔结算金额 40252.5 元。等到他的伤残鉴定书出来后，还有一笔伤残赔偿金。我把理赔方案发给老李，请他确认签字，没想到他对我们的理赔方案非常不满意，投诉到了银保监局，这一次是指名道姓地投诉我。

后来我才知道，那时候其实我被欧阳小小地"坑"了一把。正常来说，客户第一次进线投诉后，就应该由理赔员的上级主管介入处理，可他没有更改系统，系统上负责该案的理赔员仍旧是我。所以，这次银保监局的投诉记到了我的头上。

我当时完全不清楚这里的门道，很久之后，我弄清楚了其中原委，愤愤地跟他提起这件事，他开玩笑说："你的记忆力就是好，对这件事记得很清楚嘛！"

接下来，老李每三天投诉一次，投诉的理由都是对现有的理赔赔款计算书不满意，要我们给出新的方案。

三天的时间很微妙，足够让我们给出新的理赔方案去答复银保监局和被保险人。他不接受，我们只好不断地去做新的理赔方案，被这件事折腾不休。

这一规律外行人一般是不会知道的，欧阳因此推断，幕后指使是"索赔代理人"。

我第一次听说这一职业。

早期正规的索赔代理人是接受公司或个人理赔委托，与保险公司进行理赔沟通的法律工作者。因为以前保险索赔程序相对复杂，专业性比较强，当事人大多不会处理，就委托他们代为处理理赔事宜。随着时代发展，法律逐步规范，理赔改革，他们也渐渐退出了保险的历史舞台。

现在这些所谓的"索赔代理人"，更恰当的称呼应该是"保险黄牛"或者"人伤黄牛"。他们常在医院骨科病房门口活动，发现工伤事故的病人，便上前递上名片，宣称自己能够帮他们争取到更多理赔款。

"保险黄牛"平时善于伪装，常以律师名义行事，以增加他们的可信度。他们的话术都一样，一开始诱导被保险人，宣称同样伤情的人，保险公司赔了几十万元，而被保险人只能获赔几万元，以至于被保险人觉得自己被保险公司欺骗了。他们还会谎称保险公司理赔手续烦琐，理赔存在黑幕，造成被保险人和保险公司之间的矛盾。

如果被保险人相信了他们的话，就会觉得保险公司对自己理赔少了，想方设法地要求保险公司给予更高的理赔额。

正常情况下，保险公司会拒绝这种无理要求。但当保险公司拒绝被保险人后，"保险黄牛"会指导被保险人进行投诉，以投诉威胁保险公司妥协。

有些保险公司怕投诉会给自己带来不良影响，迫不得已便会答应被保险人提出的理赔金额。

一旦推进顺利，按照约定，这些"保险黄牛"会从被保险人多得到的理赔款中抽取 25% 至 35% 的金额作为报酬。

"保险黄牛"不会轻易露面，投诉的事都是让被保险人自己去操作。若是保险公司发现疑点并展开调查，他们还会唆使被保险人向法院控告保险公司，使保险公司陷入官司，无法继续开展调查。

如果官司胜诉，被保险人得到高额理赔款后，"保险黄牛"又会以各种方式敲诈勒索被保险人，要求他们出让更多的佣金，远远不止事前约定的 25% 至 35%。如果被保险人不答应，他们就会威胁被保险人，声称会向警方提供被保险人的骗保证据，警方将会以骗保罪名逮捕他们，到手的理赔款也会被收回，还会被判刑坐牢。被保险人听他们这么一说，只能乖乖屈服。

如果官司败诉，"保险黄牛"不会承担任何责任，他们会违背承诺，立即抽身而去，弃被保险人于不顾。这时被保险人不仅要承担打官司的诉讼费用，本应得到的正常保险理赔款也会因此受到影响。到这时，被保险人才意识到自己被"保险黄牛"欺骗了。但一切都为时已晚，他们苦不堪言、后悔莫及。

　　知道了真正面对的是谁之后，我和欧阳也有了解决方案：我们来到了吉他厂，通过我们保险公司的业务员找到了他们厂里分管经营的经理，跟他说了这件事的来龙去脉。

　　经理了解情况后，把老李夫妻叫到办公室，向他们核实此事。他们俩面对经理不敢说谎，就把"保险黄牛"的名字，还有"保险黄牛"找上他们的经过，以及对他们说了什么、做了什么等种种细节都一五一十地交代出来了。

　　经理听罢，严肃地对他们夫妻说："保险公司跟我们吉他厂合作这么久了，处理案件一直都是尽心尽力，对我们很关照。你们现在这么胡闹，想骗保险公司的理赔款，厂里和保险公司多年的合作关系如果被你们搅黄了，老板知道了绝对会开除你们的。话又说回来，就是保险公司答应你们的要求，给你们理赔款了，等到人家找到证据，也会状告你们骗保，到时候你们俩不仅会吃官司、坐牢，还要把不该得到的赔款全部吐出来，你们远在外地上学的儿子也会受到连累。"

　　经理这么一说，吓得老李又变成了畏畏缩缩的老李，他当着我们的面，给银保监局打电话，撤销投诉。他一再表示自己是受"保险黄牛"挑唆，才投诉我们的，不断请求我们原谅他。

经理找老李谈话的时候，老李惊惶失措的神情让我五味杂陈，本来我对他投诉我还满怀愤怒，现在看到他这个样子，又觉得他十分可怜。像他这样的农民工，既没有文化，也没有背景，除了从事体力工作，很难再有别的出路。现在他缺了两根手指，今后收入减少，生活确实会困难。

欧阳看出了我的情绪，叫我别同情心泛滥。

这起案件以我们所计算的 40252.5 元进行了前期理赔。

我把案件处理经过、伤者身份证、病历、授权委托书、赔款同意书等资料上传到系统后，终于可以结案了。

那是我第一次按下系统上的赔款按键，我把老李的账户核对好多遍，才确认准确无误，生怕这仅有的 4 万多元他接收不到。直到几天后，他回复我收到理赔款了，我才放下心来。

五个月后，老李又向我们提供了鉴定中心提供的伤残鉴定报告书，鉴定结论为八级伤残。按照雇主工伤责任保险保单的约定，八级伤残的理赔金额是单次理赔限额的 15%，这份保单的单次理赔限额是 36 万元。八级伤残的一次性伤残理赔金就是 54000 元。

因为保单规定，理赔时误工费或伤残金，二者取高赔付，所以扣除前期已支付的误工费 19680 元，剩余伤残金 34320 元，在赔款同意书得到老李签字确认以及企业盖章后，全部打到了老李个人账户上。

案件过去很久后，有次我跟欧阳去一家医院探望另外一起案件的被保险人，在医院走廊里遇到了一位文质彬彬的男人，戴着眼镜，略微有些秃顶，一副学者派头。他和欧阳好像很熟悉，见面就互相递了烟。

欧阳给我介绍，他就是传说中的"保险黄牛"，并且就是上次代理老李案件的那位。我原本因他学者模样而产生的好感一扫而空，心里对他有说不出的厌恶。

他面带微笑，伸出手和我握手，递上名片，说道："小剑哥，断人财路如杀人父母啊，今后办事要灵活点儿，别太死板了，免得遭人报复。"

他对自己的"职业"丝毫没有遮掩，话中带刺，油腔滑调，他知道我们拿他没有办法。

【保险冷知识】

"保险黄牛"的套路远不止我提到的这些。除了专门处理人伤案件的"保险黄牛",还有专门负责处理车险事故的"保险黄牛"。

车辆保险中的"保险黄牛"能从相关渠道获得附近车辆事故的第一手情报,在保险理赔员尚未接触伤者之前,他们就会先和伤者取得联系。通过提供给伤者一笔资金后"买断事故",之后再要求伤者去他们已经买通的私立医院开具虚假鉴定报告。这种鉴定报告往往会夸大伤情,虚报伤者的伤残等级,达到从保险公司套取更多保险理赔金的目的。扣除事先预付给伤者的资金后,多出来的理赔款都会落入"保险黄牛"的口袋里。

"保险黄牛"们为了利益,编造虚假的事故原因,提交伪造的赔偿协议、转款凭证、病历等,这些都属于保险诈骗犯罪。

通融一下吧！小剑

理赔部每天晚上都需要有人值班，周末和节假日值班会有 50 元补贴。

在试用期结束前的一个月，我也开始了值晚班。当时我们非车理赔部七个人，正好够轮值一周。

所谓值班，也就是值班人员在非工作时间保持手机畅通，随时接听从客服部转来的非车险报案电话。

值班人员接到报案电话后需要第一时间跟客户联络，确认案件情况，给出现场指导。案情重大的或复杂的，值班人员需要第一时间上报科主管。

没想到我第一次值班就出了乱子。

那天白天，我跟欧阳外出查勘了一天，回到家特别疲惫，随便吃点儿晚饭倒头便睡，竟忘记关闭手机上晚上 11 点自动开启的免打扰设置了。结果凌晨 3 点多有一个报案，我没有接到。客服连续三次和我联系未果后，将电话转到欧阳那里去了。

等我起床看手机，有三个未接来电，都是公司客服打来的！我立马意识到"坏事了"。我硬着头皮到公司，被欧阳一通训斥："昨天晚上你怎么不接电话？知不知道会酿成多大的后果？我们公司推销业务，最大的亮点就是承诺客户一旦出险，会在第一报案时间派理赔员跟进处理。你倒好，不接报案电话，是想砸了我们公司的金字招牌吗？"

我低头认错，不敢看他一眼。

我知道事情的严重性，新人培训时就多次强调过，案件发生后的五分钟是"黄金五分钟"，客户在这五分钟里最需要外界帮助，指导他们该怎么做，避免损失扩大。幸亏欧阳接了电话，否则后果不堪设想。

更万幸的是，客服的报案电话是转给了欧阳，如果转到老黄那里，那我这个还没正式入职的新人，估计就要卷铺盖走人了。所以，不管欧阳骂我多凶，我都老实接受，我知道，虽然表面上他对我凶了一点儿，实际上是在保护我。

当时我正在负责外卖骑手保险的理赔，整日忙得不可开交，但因为有错在身，所以当欧阳把案件派给我时，我也没好意思推掉。

在市中心一家 KTV 门口，两名男青年摔伤。报案人是 KTV 的店长。

报案人说他们伤得不算重，一位磕破了后脑勺，一位伤到了脸颊，案发后立刻就被送往医院急诊治疗了。

欧阳把案件资料和 KTV 店长的微信号发给我。我申请添加 KTV 店长的微信好友，对方却一直没有通过，打了三次电话也没人接。

我翻看案件的相关照片，这些照片显然都是店长用手机拍的。

照片中，两个二十岁出头的男生，一位后脑勺有一道半个巴掌长的伤口，另一位伤到了脚腕和手肘，颧骨处蹭破了外皮，下巴有一大块血淋淋的伤口。后脑勺受伤的男生打扮入时，身材修长，气质有点儿像明星，尽管受了伤，表情痛苦，但依然难掩帅气。

我们承保了 KTV 的公众责任保险。公众责任保险承保的是店内及店门口附近发生的意外事故。有些保单上会特别注明事故责任范围，比如是店内及店门口 3 米、5 米或 10 米以内（依据不同地方的规定），这一范围发生的意外事故是在保险责任范围内。若是出了这一范围，我们就不承担保险责任了。

这一险种经常会在保险责任范围上出现纠纷。

听欧阳说，之前有个案例，一位老人在雨天经过店门口，踩到地上的纸板后摔倒，店主向我们保险公司报案。

虽然理赔员很同情老人，但这不构成公众责任保险的基本要求，按照基本要求，伤者受伤前是光顾店铺的顾客，或者有光顾店铺意愿的人。经过店门口摔倒的路人，不符合公众责任保险的基本要求，保险责任不成立。

后来店主出于同情，赔偿老人 2000 元，我们也以"人道援助"的方式给了店主一部分补偿。

我正发愁联系不上店长，上午 10 点多的时候，业务部的同事 Michael 来找我。

Michael 是业务部外商科的经理，三十五岁，戴一副金丝边眼镜，身材高挑，穿一身名牌西装，喷着浓郁的古龙香水，手腕上戴着价值不菲的手表，完美地符合人们对"商界精英人士"的刻板印象。

上级领导对他偏爱有加，大家私下互传，几年后他将会升任业务部的总监。

有很多同事看不惯他装腔作势，更看不惯高层领导对他的青睐，于是在私底下都叫他"假洋鬼子"。他在日本留过学，和人聊天的时候经常会不经意间炫耀自己的留学经历。每次一聊到国内保险的案例，他总爱说："本人以前在日本的保险公司实习的时候，可不像中国这样……"

而且他礼貌得过分，初次见面时，他就给我鞠了一个90度的标准躬，说道："小剑老师，初次见面，今后还请您多多关照！"搞得我一边惊讶，一边尴尬。

现在他找到我，对我又是一个标准的90度鞠躬。

这次案件的KTV公众责任保险是他的业务，Michael来找我了解案件的进展情况。

我告诉他，我还没联系上店长，微信申请一直没通过，电话也没打通。他连忙向我道歉，解释说店长昨天晚上陪着伤者去医院，一直忙到今天早上7点多才休息，请我理解。

我当然理解，客人在店门口发生意外，能想象到店长的提心吊胆。一想到我昨晚没有第一时间接案，我有些内疚呢。

到了下午，Michael 给他、我和店长建了一个微信群，店长发来伤者的资料，我才得知磕破后脑勺的叫阿张，扭伤手脚、磕伤面部的叫小杰。他们都是我们本地一家传媒公司的男模艺人。

我恍然大悟，怪不得他们长得这么帅气。

事发当晚，阿张过生日，他和朋友们到 KTV 庆祝生日，没想到发生了意外。

位于店门口的监控摄像头记录下了案发当时的情况。

凌晨 1 点，一位二十多岁的时髦女子从 KTV 出来，在门口频频回头顾望。接着，一个身穿白色羽绒服的男子拉着小杰的胳膊走出店门抽烟，小杰走路跟跟跄跄，看得出他有些醉意。

时髦女子见二人抽烟，捂着鼻子走开了。

过了片刻，阿张走出 KTV，来到门口，和小杰打招呼。小杰很兴奋地冲着他在空中挥拳，阿张向前和他拥抱。

　　二人边拥抱，边扭头贴着耳朵说话，小杰因为喝醉，身体不由自主地往下坠，阿张为了扶住他，脚下不断挪动。二人逐渐移动到台阶边缘，忽然阿张脚下一空，向下摔去，连带小杰面朝着台阶倒下，台阶上顿时鲜血淋漓。众人大惊失色，连忙上前查看。此时，正好他们约的网约车也到了，众人把阿张和小杰搀扶上车，向医院疾驰而去。

　　录像结束。

　　KTV为了台阶好看，在台阶边缘包了一层金属边，没想到金属边边缘锋利，成了伤人的利器。幸好最近几天大降温，大家都身着厚衣，避免了其他部位受伤，真是不幸中的万幸。

　　从录像上看，本起事故的原因没有异议，伤情也不算严重，估计理赔金额不会超过一万元。按照规定，KTV先行垫付医疗费和其他相关费用。接下来只要等医院的治疗发票开出来，我们就可以走快速理赔程序进行结案了。

　　我没有直接和伤者接触，因为受伤过程和伤势，我们在录像上看得清清楚楚。被保险人是 KTV，伤者属于第三方，我们只对 KTV 负责。另外，店长有跟伤者接触，有什么情况他会及时告知我。

两天后，这起案件有了新的变化。

伤者小杰的妈妈完全不接受我们保险公司提出的赔偿方案。小杰是艺人，全靠外表形象谋生，这次摔伤后，脸上肯定会留下疤痕，导致毁容。这直接影响到他的演艺生涯，也给他本人及家人带来了严重的精神创伤。

店长给我发来一张他和小杰妈妈的聊天截图，截图里她写道：

> 我儿子是在你们 KTV 受的伤，留下的疤痕会影响他今后的演艺事业，我们必须去韩国祛除疤痕，一切祛疤费用都应该由你们来负责。费用清单如下：
>
> 1. 去韩国治疗，保守估计需要五次，每次治疗费用 4 万元，共计 20 万元；
>
> 2. 治疗需要小杰爸爸妈妈陪护，三个人的机票、饮食费、住宿费、误工费，每次 3 万元，共计 15 万元；

3.我们三个人不懂韩语，需要懂韩语的翻译陪同，这期间产生的费用每次1万元，共计5万元；

4.相关营养费，精神损失费，未来演艺事业损失费，共计20万元。

如果三天内你们不给我答复，我就要走法律程序了。

看罢微信截图内容，我想，整容费用不属于保险公司应承担的意外事故责任，我们不可能进行理赔。更何况，她列出的费用有60万元之多，我们这份保单单次事故每人最高理赔额度也只有10万元。

听KTV店长说，小杰妈妈人脉很广，认识很多自媒体公司，如果不支付整容费用，她可能会在网上发动人脉给KTV打差评。

这是最棘手的地方。眼看春节临近，KTV就指望春节假期冲一拨业绩呢。要是招来纠缠，肯定会影响KTV的口碑，那样生意就难做了。

店长向我哭诉道："我们店看着表面风光，实际上最近情况特殊，顾客不多，没有多大利润。我也只是打工仔，万一再影响到整个连锁品牌，酿成更大损失，我承担不起，你们保险公司要给我想个办法啊！"

60 万元的整容费实在太高，于是，店长跟小杰妈妈商量能不能私了：现在小杰住院的治疗费用是 1400 元，在这一基础上，再给她 15 万元补偿，希望小杰妈妈能承诺一次性解决问题，今后不再追究 KTV 的任何责任。

店长问我："私了费用能不能走保险？"

按照规定，肯定是不能。

店长显然是被小杰妈妈威胁到了。我告诉他，事故发生时的照片和录像可以作为证据，一旦对方滋事，可以考虑走民事诉讼。必要时请律师介入，提供这些证据肯定能打赢官司。

他似乎有点儿犹豫，说要再回去考虑考虑。

还没等店长回复，Michael 又来找我。他用商量的语气请教我："咱们能不能考虑帮店长申请一部分精神损失补偿费呢？如果 15 万元理赔费用太高，那能不能赔七八万元呢？"

我说："绝对不行。精神补偿费也是有要求的，这起案件不符合要求。再说，如果费用超出了治疗费、误工费太多，我们公司审计部门要是问起来，我也没有办法解释清楚啊！"

他又问："那小剑老师，我请教一下，可不可以申请通融赔付呢？"

我一时不知如何回答他。我们公司很少启用"通融赔付"，一般是在巨灾事故，或者特殊情况时才可以使用。

"通融赔付"相当于业务员送给保险客户的人情，经过"通融"，一些不在保险责任范围内的损失就变成可赔付的了。那些长年信誉良好的老客户和一些大集团公司如果有需要，业务员们会出于维护客户的想法，帮他们启动"通融赔付"，尽可能帮他们减少损失，以便与他们保持长期的业务合作关系。

我们保险公司对于"通融赔付"有严格的规定，保险业务员需要向公司审计部门提交非常详细的通融申请书，通融申请书上必须写明通融赔付的原因、方案以及通融赔付后所能产生的社会效益。

审计部门会根据保险业务员提交的通融申请书，严格审核效益回报。比如雨天老人家在店门口摔倒的案件，业务员写的通融申请原因是："此案件的理赔将会对社会起到正能量的效果，可以作为新闻报道进行宣传，会对我司起到较大的正面宣传作用，树立良好的公司形象。"在这样的申请下，审计部门才会予以通过。

而且，这还不是以"保险理赔"的名义，而是以"人道援助"的名义给受伤老人的补偿。

我拿不定主意，去请教欧阳。

我本以为，以欧阳的脾气会糊弄过去，让我答应 Michael。没想到，他听完前因后果，连连摆手，说："想都别想，这么高的通融赔付费用，这件案子根本做不了。Michael 你也是老业务员了，怎么能想出这样的馊主意。绝不能开这样的先河，后面再出现类似的案子让我们理赔，那该怎么处理？"

听欧阳这样一说，Michael 尴尬地笑了笑，不再言语，转身走了。

Michael 在欧阳这边碰壁，转头就直接去找葛总了。

葛总是我们保险公司的板块总经理，业务部和理赔部都归他管。他五十多岁，戴着眼镜，样貌和蔼，显得很敦实，平时很少出办公室。在一些同事的口中，葛总似乎有些温暾。

葛总很欣赏 Michael，他们俩关系很密切。

没过一会儿，葛总给欧阳打电话，请他过去一下。欧阳自然没有拒绝的理由，去之前抱怨道："Michael 把这尊大佛请出来了，事情不好办了。"

欧阳回来，把葛总的意见转述给我听。

葛总表面做和事佬，但很明显倾向于 Michael，表示理解 Michael "通融赔付"的做法，让欧阳再考虑考虑可不可以按照 Michael 的建议去操作。

欧阳对我说："葛总他本人都同意了，还说征求我的意见，我能说什么？你就按照 Michael 的建议去做吧。"

现在压力全压在我身上了，我需要一个合理的"通融赔付"方案，但我毫无思路，陷入了僵局。

欧阳让我去找老黄商量，看他有没有什么好建议。

"本来'通融赔付'这么大的事，就该向老黄汇报，你把前后经过都跟他汇报一下。"

老黄听完我的汇报，不解地问我："你们怎么死脑筋啊？这种案件要什么通融赔付？模特本来就是特殊职业，面部受伤整容是在合理赔付需求里的。不过，他提供的这一方案费用也太高了吧……"

旋即，老黄给出了一个解决方案："何必去韩国整容？现在国内的整容水平不亚于韩国，就让伤者在省内找个公立整容医院就医吧。这样费用不就节省了吗？"

老黄真是一个"高人"，他的建议立马帮我们拨清迷雾，指明方向。

于是，我很快写了一份新的理赔建议发给店长。

> 鉴于伤者的职业特殊性，我司愿意承担祛疤治疗费用，支付相关理赔费用。但是必须按照我司要求，在省内指定的公立整形美容医院进行治疗。省内的公立整形美容医院具备国际先进技术认证，拥有专业祛疤治疗水平。如伤者执意前往国外进行祛疤治疗，相关费用清单我司不予认可，需自行承担所有费用。

我列了可以理赔的整形美容医院目录，让Micheal和KTV店长去跟伤者交涉。Micheal表示担心，怕伤者不会接受这一理赔建议。

我的态度强硬起来："我们已经尽最大努力帮

他理赔了，如果伤者还觉得不满意，那就太不近人情了，我们就只能按照原来的思路，只给他赔付治疗伤口的费用，不再赔付整容费了。"

事后，听 Michael 说，伤者小杰一方对我的理赔建议没有异议，他的担心是多余的。

随着案子告一段落，春节到了。2020 年春节期间新冠疫情全面暴发，案件的处理也搁置了四个多月。5 月，我给 KTV 店长发了"公众责任保险案件所需资料清单"；6 月，伤者小杰的整容治疗全部结束，我收到所有的理赔资料。

> 阿张的头部伤口治疗费 327 元，小杰的面部伤口治疗费 1400 元，扣除二人医保基金支付的金额后，个人支付总计金额是 753 元。
>
> 小杰在整形美容医院的祛疤费用全部自费 21472 元。
>
> 二人就医打车费用 200 元。
>
> 二人的误工费分别为 3500 元和 3000 元。
>
> 753 元 +21472 元 +200 元 +3500 元 +3000 元 =28925 元。

28925 元就是这起案件的总损失金额。

此外，还要扣除保单上特约的免赔额："每次事故绝对免赔额为人民币 2000 元或损失金额的 10%，二者取高。"

所以最终理赔金额是 26032.5 元。

按照规定，被保险人还需要向我们提供伤者收到被保险人赔偿的证明。因为程序是被保险人先垫付这部分费用给伤者，我们再理赔给被保险人。当时，受新冠疫情影响，KTV 店长和伤者之间没办法接触，赔偿是用银行汇款的方式打给两位伤者的，用网上银行的汇款水单截图作为证明。

金额核算无误后，我请 KTV 店长对此次事故的理赔资料用印，确定同意我们的理赔方案，店长欣然照做。

案件的理赔结束了，可我心中有个疑问却始终没有得到解答。"通融赔付"作为特事特办的手段，我们保险公司对此有着严格的控制，轻易不予使用。虽然这起案件没有启用"通融赔付"，但 Michael 为什么愿意为这家 KTV 申请"通融赔付"？而且从他和店长的交流来看，他们的关系比较一般。

后来有一天，我在公司偶遇 Michael，看他情绪不错，向他提出了这一疑问。

Michael 叹了口气说："都是我阿爹给我惹的麻烦。"

原来，Michael 的阿爹以前是在他家附近的街道收取街边店铺"保护费"的老大。20 世纪 80 年代初，那一片治安很不好，经常有人在街头闹事，Michael 的阿爹带着他的弟兄们"照顾"着那一片的商家，负责"收拾"闹事的小鲈鳗[1]们。

到了 2003 年，市里开始整治地方势力，Michael 阿爹迫于威慑，金盆洗手。但是街坊邻居仍旧习惯遇到问题请他出面解决，他也乐意展示自己的能力。

Michael 从日本留学归来，从事保险工作，这些店铺就顺理成章地成了他的首批保险业务。在这些老街坊眼里，他做的保险和他阿爹以前干的事没什么区别，以前是给阿爹交"保费"，现在是给儿子交"保费"。

说到这里，Michael 苦笑不已。

他跟街坊邻居解释过无数次，自己收的"保费"和阿爹收的"保费"是不一样的，他是正规的财产

---

1 鲈鳗：闽南沿海一带对没人管教的小孩儿的称呼，也有混混的意思。

保险公司员工，收取的保费是属于保险公司的。保险是保障店铺利益，是真心为他们服务的。可是老街坊们不想理解，认为只要受到保护就行了，不管是谁来保护。

他们交了 Michael 的"保费"后，觉得 Michael 还是和他阿爹一样，能摆平所有的事，有了什么事都找 Michael 去"摆平"。可他只是一个小小的保险经理，能做什么呢？邻里纠纷他还可以调解一下，但超出他能力的事情，他也只能让街坊邻居们自己想办法了。

阿爹经常指责 Michael "连鸡毛掸子的事儿也摆不平"。所以，现在老街坊们一旦出了保险事故找到他，他能帮上的，就会帮他们多争取一些补偿。有时他宁愿为办事情自掏腰包，吃点儿亏，也不希望阿爹听见街坊们私下嘀咕，讲他七七处处[1]。

他说得风轻云淡，我却感到格外诧异，没有想到他生活在这样的家庭里。

在他的记忆里，从他中学开始，他的阿爹就一

1　七七处处：闽南沿海一带方言，原指高压锅煮饭时发出的"七七处处"的蒸汽声，后来形容某人平时喜欢吹牛，实际做事时不尽力，爱耍小聪明。

直在到处跟人借钱，最穷的时候，他甚至要去亲戚家讨饭。他的阿妈也是受此影响，在他很小时就离婚，改嫁到外地。

他对我说："我不知道阿爹以前到底在忙什么。自己口袋没钱，三不五时还要接济他的小弟们，为这种事我没少和他吵架。后来，我不想再跟他吵架了，我特别想换个环境，不当'阿爹的儿子'了。于是我高中毕业后，靠着在外地的阿妈资助，孤身一人去日本留学。可是我能力不够啊，在日本没闯出一片天地。我回国之后做保险，最终还是回到这里生活了，摆脱不了那些人情世故，感觉像宿命一样。"

说完，他对我挤出一丝无奈的微笑。

【保险冷知识】

"通融赔付"是在某些特殊情况下，虽然被保险人提出的理赔申请并不完全符合保险合同的条款，但保险公司基于保险客户关系维护、品牌声誉或其他商业考量，而给予的人道援助。它不是由保险客户申请的，而是由保险业务员向保险公司申请的。不同保险公司根据自身的情况，会制定不同的"通融赔付"规定，这些规定都异常严格。

"通融赔付"相当于一种破例行为，实际上是违反了"按照合同赔付"这一契约精神的，所以轻易不予启用。

"通融赔付"往往是一种"善意"的处理方式，不具有法律强制性，通常是作为一次性或特殊处理。这种赔付方式一般用于理赔金额不大，但对被保险人影响较大的案件，或有其他特殊情况需要灵活处理的情形。

2008年汶川大地震，保险行业内就出现了"中国最大的通融赔付"案例。地震在保险保单中往往是免责条款，但汶川大地震期间，各家保险公司纷纷打破条款的限制，为灾区打开了绿色通道。

异地案件要多留心

异地案件，指的是被保险人发生事故的地区和保险签发地区不一样的案件。对于这类案件，我们通常需要出差到现场查勘，或者寻求当地相关机构的协助。

比如客户在福州签的保单，在沈阳发生了事故。保单归属地在福州，但出险地在沈阳。这时候就需要请沈阳的相关机构代为处理。

异地案件多为非车财产保险案件，比如旅游保险、运输保险、企业保险等。我们保险公司的业务员只能在有保险分支机构的地区开展业务，因此，这样的业务大多是由保险经纪人牵线搭桥介绍进公司的。

保险经纪人和保险业务员身份不同。

保险业务员是保险公司的员工，他们的本职工作就是向客户推销所在保险公司的保险产品。

保险经纪人不属于任何保险公司，他们受客户委托，根据客户的要求寻找合适的保险公司，代表客户与保险公司谈判，为客户争取更优惠的条款，保证客户的利益最大化，为委托人提供更优质的保险服务。

保险经纪人介绍进来的业务遍布全国各地，尤其是运输保险，经常深入偏远地区。我有时候看到保单上的出险地址很惊讶：这么偏远的地方竟也有我们保险公司的业务。

齐哥经常抱怨道："这些经纪人就爱把鸟不拉屎地方的业务丢到我们保险公司，保费也不高。奈何我们保险公司规模小，缺少业务，苍蝇腿也是肉啊！"

我们处理这些业务时能了解到不少地名。案件处理多了，我竟慢慢摸索出一些门道，看一眼地名就能判断出它所在的大致地区，收集地名成了我工作之余的一大乐趣。

比如各种"坝"是在川渝一带，这些地方的客户通常习惯用方言，我和他们沟通时，总要请他们说普通话。但上了年纪的客户普通话也带着浓厚的口音，一开始我听得实在费劲，只能请他们说慢点儿，到现在，我可以说是川渝方言通了。

东三省一带则是各种"屯"。那里不少人对保险行业缺乏认知，跟他们联系的时候说话底气要足，不然他们会觉得我们这些保险人心虚。

"沟、店、庄"在河南、河北、安徽、山东一带出现得最多，这些地方的雇主责任险出险客户多是当地农民，或是民工，保险都是老板买的，他们不了解，解释起来特别费力气。

"峪"一般在秦岭山脉附近。

"厝"是福建、广东、广西地区特有。

"孜"通常是在安徽、河南一带。

"埭、浜、垟"是江浙沪沿海地区的特点。

"村、寨、水、镇"全国通用。

至于地名特别长的、读起来拗口的，或者带有"旗"的，就是西藏、新疆、内蒙古的地名。看到这类出险地名报案的时候，部门里的同事就会说："找第三方，他们那地方的人说话我们听不懂，没准还有地方特殊保护政策，我们不了解呢。"

以我们保险公司的体量，只能在有代表性的几个城市设立分支机构，做不到每个城市都有分支机构。这样一来，在没有分支机构的地方发生的异地案件，便需要聘请第三方机构援助。

"第三方机构"是指公估公司、律师事务所、技术支援团队等机构。

律师事务所主要是提供法律援助。启用他们，通常是因为理赔案件中存在追偿或有司法纠纷等情况。

技术支援团队适用于有机器设备受损的理赔案件，专业技术人员能精准核实机器设备的受损金额。

公估公司是跟我们打交道最多的，他们有点儿类似雇佣军、先锋队。全国各地都有不同的公估公司存在，发生异地案件时，会请他们代替我们到现场查勘，出具相关调查报告，我们再根据他们的报告结论制定理赔方案。

通常情况下，损失金额过大的异地案件，理赔员会亲自出差去事故现场查勘。对于一些损失金额不高不低的普通案件，如果出险原因清晰，我们就直接远程处理了；如果出险原因不清晰，就需要启用公估公司去查勘了。

公估公司的主要作用在于查勘事故，调查事故原因。有时候事故赔偿款可能只有 2000 元，但事故原因不清晰，我们也会花 1500 元请一位公估师过去查勘，出具第三方报告，再根据公估师的报告进行理赔。

启用公估公司，通常需要具备下列条件之一：一是存在疑点和纠纷的案件，二是案件损失金额达到一定程度（一般以损失 20 万元以上为基础）。

公估公司以第三方的立场介入案件，充当中间人和公正人的角色，协调保险公司和被保险人之间的矛盾，有利于案件顺利处理。

公估公司的收入与我们委托查勘案件的大小、数量息息相关。在我们非车理赔部，大家对公估公司持有两种态度：一种是经常委托公估公司查勘案件，和他们保持亲密关系，以朋友相处的；另一种是只把他们当作查勘案件工具，不谈感情，始终保持一定距离，公事公办的。

齐哥属于后者。他是我们部门与公估公司打交道最多的人，因为他负责的货运险的出险是全国甚至全球范围，派公估公司去处理是性价比最高的方式。

在我还没正式接触公估公司前，他常提醒我，尽量少派公估公司去查勘案件，如果实在需要，也要谨慎选好公估公司再派。"大部分公估公司都是利益至上。"他说这话的时候，总会跟在后面再叹一口气，抱怨一下行业风气。

这是因为他在 2016 年曾被公估公司坑骗过，那时我还在读大学呢。

当时，齐哥还是走上工作岗位不久的理赔新人。有一位保险经纪人，给我们保险公司介绍来一份展览险和运输险的打包业务。

投保的公司是一家国际高端车企，他们即将向市场推出一款全新的概念车，拟在全国各地参加各种车展预热。参展期间，车企需要购买展会保险和展车运输保险，保险合同的标的物就是各地参展的概念车。

板块总经理葛总、理赔部总监老黄和其他部门的几位领导，与保险经纪人一起商讨出来一份承接这项业务的保险协议。保险协议为期三个月，这期间，我们会根据保险协议要求，为客户出具详细保单。

保险协议中列明计划参展的地区有北京、上海、天津、重庆等，一共十八个城市，我们仅限承保被保险人在这些地区发生的意外事故。

　　保险协议里写着：每份运输险保单的保费按照车辆价值的6‰取整计算。整车预售市场价为160万元，因此一份保单的保费是1万元。

　　运输险的免赔额，设定为"运输期间第三者责任免赔。每次事故绝对免赔额为人民币5000元或损失金额的30%，二者取高"。额外附加"仓至仓条款"，也就是我们保险公司承保从起运地仓库（展厅）到目的地仓库（展厅）之间发生的所有意外事故。

　　展览险是根据车辆参展展会的展览期限投保，每份展览险的保险期限不等，短则三天，长则十五天，每单展览险保费统一定价为4500元。展览期间发生的事故，免赔额为人民币2000元或损失金额的10%，二者取高。

　　三个月的保险协议，我们估算，这期间运输险加展览险的具体保单将会有七十多份，整份保险协议大概会为我们带来60万元的保费收入。

　　保险经纪人说这份保险协议只是试水，多次提到这家跨国车企资金雄厚，现在想找一家业内口碑好的保险公司建立合作关系。之所以选择我们保险公司，是因为他们之前和另一家保险公司闹了点儿纠纷，不得不中断合作。如果我们之间的合作愉快，他们今后将把自己所有的保单都投向我们公司。

从表面来看，保险协议的费率定得很高，实际上天下没有免费的午餐，高保费意味着高风险。保险经纪人介绍的业务更是如此，我们更要多个心眼，毕竟他们是站在客户一方的，对保险行业的各项条例、规则相当熟悉，知道我们保险公司的需求。

签完协议后，保险经纪人还问我们做不做这款新车的商业车辆保险，可以一并打包送给我们，我们直接婉拒："抱歉，银保监局规定，目前我们保险公司的车险业务仅限于在福建开展，其他地区还没申请到展业资格。"

保险经纪人嘴上说得好听，实际上这是送"地雷"给我们。

这款概念车的预售价是 160 万元，足以称得上豪车。

豪车的商业车险和一般车辆的商业车险不同，豪车本身价值很高，因此保险公司承担的风险更高。虽然豪车商业车险的保费也昂贵，但在豪车的保险价值前，保费都是杯水车薪。

通常，一辆普通车市场价 16 万元，那么它的保险价值就是 16 万元。

假如这辆汽车一年的商业车辆保险保费 8000 元，是整车保险价值的 1/20，那么简单来说，只要保险公司同时承保 20 辆同型号的汽车，就能把风险统筹分摊。如果这 20 辆汽车一年没有出险，它们的保费就全部是保险公司的盈利；如果汽车出险了需要理赔，保险公司的盈利就会相应减少。

这也是商业车辆保险只要常年不出险，就能有优惠折扣的原因。

豪车则不一样。一辆豪车的价值可能等于十几辆甚至几十辆普通汽车的价值，也就是说，一旦出险，一辆豪车的维修费用可能比十几辆甚至几十辆普通汽车维修费用的总和还要高。这对于像我们这样的小保险公司来说，绝对是个大负担。

另外，根据市场调查，豪车的事故出险率也很高。豪车的车主大多数喜欢炫耀车辆的性能，对车辆不够爱惜，因此交通事故较多，车辆内部零件也容易磨损。普通车辆的出险率是 15% 左右，豪车的出险率则高达 30%。所以，价值百万元以上的豪车商业车辆保险通常只有大型保险公司的总部才愿意承接。

相对于豪车的商业车辆保险，展览险风险就小多了。因为豪车有固定的停放场所，有专人保护，展览期间也不会驱动，即便是现场发生意外，还有相关责任方承担部分责任。对我们保险公司而言，风险是可控的。

最让人担心的是这家车企的运输险，运输路上永远不知道会发生什么样的意外，因此免赔额会设得高，保费会收得高。

协议签订的第二个月，齐哥接到了车企的第一起报案。

事故的出险地在天津。每年10月，天津会有国际汽车展览会，参展车是在运往天津参展时发生了事故。卡车载着参展车抵达天津后，车企的工作人员验收时，发现车身右边一块油漆脱落，有一处凹痕，右侧的车轮轮毂也有明显擦伤痕迹，很显然不可能展出了。

运输期间，参展车一直存放在运输卡车上。运输卡车是车企为运输豪车专门设计的，这种卡车底部的金属托盘可以伸长，集装箱箱体左右两面可以展开，箱内还设有风扇和减震设备，保证运输途中安全。

运输前，工作人员会把参展车开进集装箱内，然后在四个轮子上加装一次性固定支架，最后再把参展车的底盘和卡车集装箱内部凹槽衔接固定，按理说应该万无一失才对。

现在这一伤痕让大家太疑惑了，原因成谜。

所幸车厂同时运了两辆参展车，另一辆车平安抵达，车企参展没受影响，所以没有启动展览险理赔，只是启动运输险理赔。

这是标准的异地案件，我们在天津没有分支机构。

当时齐哥到非车理赔部没多久，是个初出茅庐的新手，客服把这起案件交给他时，他回信息的手都在发抖，心里非常激动。他想：对方是国际大品牌车企，是我们潜在的大客户，第一次理赔一定要给他们留下好印象，向他们展现我们的高水平理赔服务。

他踌躇满志，简单了解案件情况后，决定立即起身前往天津查勘。

他填好出差申请，用邮件发给老黄，马上开始查询动车班次，恨不得即刻就能抵达天津。

老黄看到他出差的申请，把他叫到办公室，批评了一通，说他小题大做。

"第一次出险就亲自去现场，万一后续再有这样的事故发生怎么办？难道每次都要去现场吗？这次在天津，下次在东北，下下次在西藏，能跑得过来吗？"

老黄告诫他："不要因为是国际大品牌就激动，只要被保险人提供的理赔资料齐全、真实，尽量远程处理。如果有其他问题，再想办法解决。"

齐哥听从老黄的指示，按照正常远程处理案件的程序推进案件。

但是，在与被保险人对接的过程中，他发现事故原因好像没有那么简单。

与齐哥对接的车企工作人员，说不清参展车到底是什么原因受损的。而正是"不明原因受损"引起了齐哥的警觉，齐哥思考，究竟是哪个环节出现了问题，如果没有找到问题所在，那么在后续的参展车运输途中，可能还会出现类似事故。

齐哥委托天津的第三方公估公司去现场协助查勘，希望能找出事故原因。

这家天津的公估公司是齐哥在公估公司名单中找到的。

公估师处理案件效率很高。前一天下午接受的委托，第二天一大早就赶到现场查勘了。接下来几天是国庆假期，假期结束后的第一天，齐哥就收到了公估师的报告邮件。

报告的第一页是案件摘要，简单介绍了我们公司承保的这份保单，保单下方依次写着案件处理流程。

2016 年 9 月 26 日出险报案；

2016 年 9 月 28 日接受委托；

2016 年 9 月 29 日公估师现场查勘；

2016 年 10 月 8 日资料齐全，定损确认，出具公估报告。

出险原因：车辆在卡车集装箱运输过程中，因支架不稳固，刮蹭到集装箱底板。

被保险人报损金额[1]217560 元，定损金额 195804 元，理算金额 123354 元，建议赔付 123354 元。公估费用（根据最终

1　报损金额：在事故发生初期，被保险人提供的大致损失金额。

定损金额计算，10 万以上按照 7% 收取）13706 元。

报告第二部分是事故经过和调查。

2016 年 9 月 25 日至 9 月 26 日期间，该标的车辆装载于车牌沪 B××××× 运输卡车之特制运输集装箱内，由上海徐汇区经京沪高速运往天津西青区。抵达天津西青区后，工作人员检查所运车辆，发现车辆两处不明原因划伤。

我司公估师通过对运输卡车集装箱调查，发现该集装箱底座固定栏位中，右前栏位固定零件存在松动情况。通过与其他栏位对比，确认有一六边形零件缺失，后在集装箱内寻到所缺失六边形零件，其六边形零件边缘处存在部分油漆痕迹。经对比，与标的车车漆颜色一致。

事故初步判断，标的车右前轮固定用的螺丝安装时未拧紧，运输途中颠簸，导致其与标的车右前车轮轮毂产生摩擦，造成车轮轮毂擦伤。随后，六边形零件脱落、蹦蹿，击中车身，造成车身右侧凹痕及部分车漆脱落。

受损标的车辆在查勘完成后，已送往上海生产售后机构维修，我司人员后续与维修厂商确认受损清单。

文字报告附件中有三页带有拍摄人、拍摄时间、拍摄地点水印的照片，总共二十张，包括标的车辆受损部位照、车的前后验车车身照、卡车集装箱内部照、缺失零件部位照、一次性固定支架照、带有油漆的六边形零件照、机构维修的相关照片等。

事故原因和损失核算是这样写的：

本次事故因装车工作人员存在操作疏忽，经沟通协商，被保险人接受承担10%的责任比例。

文字下方附带一张受损项目核损表。表格里写着50000元的全车喷漆费用，160000元的轮毂更换费用，人工费用7560元。

理算金额＝定损金额 × 投保比例 × 责任比例 ×（1−免赔率）

本次事故的定损金额核定为人民币195804 元，依保险合同约定，扣除免赔率30% 后，理算金额为人民币 123354 元。

报告书的最后，是公估公司的报告责任说明以及公估师和他助手的签名。

附件里还有车企维修清单和现场询问笔录的扫描件。

整份公估报告看起来完整细致，显得质量很高。

收到公估报告后，齐哥去找车险理赔部的前辈帮忙审核把关。前辈看完报告后说维修价格合理，报告没有问题，齐哥才放心，提交核赔部领导审核理赔方案，确认结案赔付。

如果不是结案一个星期后又发生了一起类似案件，可能这件事就这么过去了。

第二起案件是 10 月底发生的，也是同样的运输险报案，出险地在青岛，情况和天津事故类似，也是车辆底盘固定不稳。这次的受损部位不一样，因为路上颠簸，车头部位固定不牢，有偏移情况，途中和集装箱底部金属板碰撞，参展车底盘和车头部位受损，报损金额 27 万元左右。

这次厂商依旧是运了两台车，展览险依旧未启动。

老黄交代，这次案件仍请第三方公估公司过去查勘。

齐哥请的还是上次的公估公司，这家公司在青岛有分部，加之上次他们处理过，有经验，是不二之选。

这次的公估师效率同样高，仅用一周时间就提交了公估报告。报告的前面都是大同小异，事故原因是这样写的：

> 经在车辆运输的集装箱内部检查确认，固定车辆前轮的两侧固定装置存在松动。运输车辆行驶到山东青岛期间，集装箱内所运汽车货物出现移位倾斜。运输所行驶的沈海高速路段颠簸，标的车底盘设计过低，多次与集装箱底部托盘碰撞

受损。

综上所述，集装箱底部托盘固定时存在操作疏忽，导致固定位置的零件松动，运输期间，标的车颠簸移位，导致标的车底盘和车头部位损伤。

值得注意的是，两次事故都有"集装箱底部托盘固定时存在操作疏忽"这一原因。尽管它看起来似乎是为了免除一部分事故责任，但两份报告结合来看，让齐哥觉得有蹊跷：仅仅时隔一个月又发生了操作疏忽，如此频繁，要么是工作人员操作不规范，要么是集装箱底部托盘设计存在缺陷。

当时齐哥把疑点汇报给老黄，后续就交给老黄去调查了。

老黄先是找到葛总，希望从保险经纪人的渠道得到集装箱的设计结构照片。但车企说集装箱内部是欧洲车企总部的保密设计，拥有专利，不方便提供。

鉴于对方是知名车企，和我们保险公司地位悬殊，我们觍着脸去索要，人家也不会轻易配合。再说，我们发现了问题也只能给他们提建议，能不能整改要看对方愿不愿意。

　　葛总劝老黄别深究，要为后续的"大业务"着想，公估公司报告上已经帮我们找到事故原因了，我们按照公估报告进行理赔就可以了。

　　老黄没有就此作罢。他和齐哥担心的一样，虽说这两次只是小案件，但对于已经暴露出来的隐患，如果不加以整改的话，万一今后发生更严重的整车损坏事故，那就更麻烦了。不仅我们保单"赔穿了"，被保险人也会承受更大的损失，于情于理都必须解决隐患。

　　由于被保险人不积极配合，怎样进行调查，成了一个棘手的问题。

　　正没有头绪时，老黄忽然想起，制定保险协议时，保险经纪人曾说过："车企之前和另一家保险公司闹了点儿纠纷，不得不中断合作。"

　　老黄的大学同学正好在那家保险公司理赔部负责，老黄找他打听情况。

　　老黄同学告知：经常出险的原因是集装箱底盘设计存在缺陷。

　　齐哥的推断是对的。

　　车企总部在欧洲，由于欧洲的车辆驾驶座在右边，运输卡车上的专属集装箱底托盘是专门为右驾车设计的。中国的车辆驾驶座在左边，左驾座参展车的底盘就与专属集装箱底托盘不相符合了，所以经常固定不稳，导致事故频发。

车企原参保的保险公司曾多次建议他们更新专属集装箱的设计，或是弃用专属集装箱，但被车企拒绝。车企作为分公司，没有更改欧洲总公司设计的权力，欧洲总部短时间内不方便更改设计。参展车的专属集装箱印有公司 LOGO，属于他们公司宣传策略的一部分，参展期间必须使用。车企解决问题的办法，就是一次参展运输多台参展车备用。

销售的豪车，在运输过程中是否会出现类似事故？答案是否定的。经销商知晓自己的运输卡车有问题，所以会雇用物流公司的运输车辆，将豪车运到售卖地，等到车主来提车时，再将专属集装箱卡车停在 4S 店门口，亮给车主欣赏，告诉车主就是这辆专属集装箱卡车将豪车运来的。

事故发生后，损失不大的理赔案件，保险公司习惯委托公估公司去查勘。我们推断，车企相关人员可能拉拢了公估师，让公估师站在车企的立场，要求公估报告上不要写设计上的失误。因为一旦暴露集装箱存在问题，就意味着保险公司可能会重新调整承保策略，调整保单的特约，后续设计问题导致的损失都会有很高的免赔额比例。

知道了原因，第二起案件便没有按照公估报告上的建议进行理赔。

齐哥在我们保险公司的理赔报告里写道："参展车运输过程中，疑似运输集装箱底部设计存在缺陷，请被保险人协助调查，进一步排查事故原因。"

理赔报告发给车企，车企没有正面回应，而是由保险经纪人跟我们谈判。

保险经纪人代表车企接受我们把责任比例从1：9调整为3：7的方案，这样我们保险公司的理赔金额就减少了20%。

后来又出了第三起事故，因为知道了事故原因所在，我们直接按照70%的责任比例进行理赔。我们保险公司的这份协议保期只有三个月，三个月后我们不再与车企合作。三起案件总计赔了65万元。

这份协议，我们保险公司亏了将近5万元。

对于那家公估公司，我们付清公估费用后，将其加入了黑名单。虽然因为个别公估师的人品问题把整个公估公司拉黑的行为好像很极端，但除了这一选择，也没有约束第三方公估机构的更好方式了。

两位公估师因报告写得漂亮，行业口碑不错，处理案件的态度也好，从表面看不出问题，也有愿意跟他们长期合作的保险公司，他们的业务不受影响。

我们只能吃一堑、长一智，不选择与他们这样的公估师合作，仅此而已。

讲完故事的来龙去脉，齐哥最后补充道："不是所有的公估师都有问题，只是公估这一行业的盈利规则跟我们保险行业的运营理念有冲突。保险公司是想实事求是定损，公估公司则是想依靠案件获得更大利益。一个既专业又公正负责的公估师，简直比大熊猫还罕见。"

遛狗溺亡的老板

2020 年 9 月，我们收到了 R 保险公司的一封报案通知邮件，是一起被保险人溺亡的案件。

被保险人是一家石材厂的老板，数日前溺水身亡，事故的详细原因还在调查中。这封报案邮件直接发送给了负责处理企业大额财产保险案件的胡工。

这起案件之前，胡工就与这家石材厂老板打过交道。

石材厂老板姓杨，2019 年年底，他曾向我们保险公司报过一起机器设备损失案件，受损的是一条流水线的设备。当时是大刘和一位第三方技术公司的机器工程师去现场进行案件查勘的。

由于这条流水线都是老旧设备，根据使用年限折旧后，最终计算出来的理赔金额少于设备维修费用，额外的维修费用需要被保险人自行承担。

大刘嘴笨，没能解释清楚，杨老板误以为我们保险公司有意推卸责任。于是，他放出一条大狗，将大刘和工程师一起赶出了石材厂，并声称要取消保险合同。

胡工得知情况后，以大刘上级领导的身份亲自致电杨老板，一边道歉，一边给他解释折旧的概念，并告知设备维修后，我们依然提供保险保障。经过一番沟通，杨老板这才理解了理赔方案，最终决定由石材厂自行维修设备，案件得以结案。

杨老板和胡工年龄相仿，相识以后，他们俩建立了私交。同事有传，胡工还给石材厂投资过，风言风语不知真假。得知杨老板突然离世的消息，胡工震惊良久，难以置信。

杨老板的保险是一份借款人意外险。

这一险种不常见。当借款人借款时，出借人会要求借款人在放款前购买这种保险。保单的投保人和被保险人都是借款人，第一受益人则是出借人。

保险公司承担的是借款人借款期间的意外风险。如果借款人发生意外，保险公司将根据借款人剩余借款金额向出借人进行理赔，也就是说，这一险种只保障出借人的利益。至于借款人及家人的利益，跟这份保险无关。

这种保险的条款有两个显著特点：一、保险金额高；二、只承保身故、猝死和全残的事故。保单内容简明扼要。

这种保险一般是出借人强制要求借款人购买，在川渝、两湖和两广等地销量很高。具体原因尚不得而知，我猜测可能与这些地区民间借贷活跃有关。

之前我接触的个人意外险中，死亡理赔限额最高是 100 万元，所以当我看到这份保单的死亡理赔限额高达 850 万元时，有点儿吃惊。

850 万元不是一个小数目，而且考虑到这是一起死亡案件，我们必须谨慎处理。接到报案后，整个部门都精神紧张，密切关注案件的进展。

杨老板这份保单的第一受益人是一家福建当地的设备租赁公司，杨老板石材厂的新设备是从这家公司租赁的。石材厂租赁设备后，他又向租赁公司借了 850 万元的周转款，在租赁公司的要求下，购买了借款人意外险。

另外，这份保单还是比较特殊的经纪人分保

业务。

一些高额保单业务，保费高，风险相应也高。在这种情况下，投保人一般会委托保险经纪人代为投保，而保险经纪人为了让保险公司接受这类高风险保单，会将保单像分蛋糕一样，"分割"给几家不同的保险机构。每家保险机构按比例收取保费，并承担相应比例的风险。

这就是分保业务。承接业务的一方叫作"主承方"，参与分割保费的一方叫作"从共方"。

在这起分保业务中，R保险公司是"主承方"，我们保险公司是"从共方"，双方份额各占50%。因此，该案件由R保险公司理赔部进行处理，案件进展情况也由R保险公司通过邮件告知我们。

由于是从共方，最初我们并不打算介入案件处理。

10月，R保险公司发来了案件初步处理通知。

被保险人身亡后第二天，即在当地殡仪馆进行了火化，案发时未报警、未寻求120急救，仅有一张村卫生所出具的死亡证明，上面只写到送医时已无生命体征，根据死亡证明，无法确认被保险人死因。
在查勘案件的过程中，缺乏相应的证据链，
被保险人家属拒绝提供理赔证据。案件存
在自杀或保险欺诈的可能性，仍在调查中。
目前拟拒绝理赔。

我们收到处理通知后，认为这种情况极为罕见。
一般来说，身亡事故都会有报警记录和 120 急救记
录。由公安部门和医院出具死亡证明后，才能进行
火化。这起案件缺乏这些资料，R 保险公司的理赔
部门怀疑涉及自杀或他杀，也有一定道理。

欧阳一向是多一事不如少一事的人，他认为我
们保险公司只是从共方，不用过多介入案件，浪费
力气。老黄也说，共保案件，从共方依照主承方的
要求去做即可，不必喧宾夺主。

胡工作为杨老板的生前朋友，坚信杨老板绝不
可能自杀，骗保更是无稽之谈。据他所知，杨老板
的儿子正在北方当兵，单从影响儿子前途这一因素
来看，做出这种事也不可能。当然，这只是胡工的
猜测。在没有确凿证据之前，谁也不能妄下定论。

胡工执意参与调查，直接与 R 保险公司理赔部

联系，向他们了解事故的详细经过。

事故当天，石材厂有客人来参观。中午，杨老板和他的妻子，也就是公司的财务总监鞠女士，一起在公司食堂招待客人用餐。下午3点钟，客人离开后，鞠女士驾车回家，而杨老板则留在厂里。

杨老板有个习惯，午饭后喜欢在厂区遛他饲养的一条德国黑背犬，事发当天也不例外。对于这一点，厂区的保安可以作证。下午4点钟左右，保安看到杨老板在遛狗，还和自己打了招呼。

到了晚上7点，鞠女士发现丈夫久久未归，打电话无人接听，便联系了厂区的保安。得知未见到杨老板的车驶出厂区，她便开车回到厂里，经过一番搜寻，发现水池里杨老板养的狗正奄奄一息，同时水面上还漂浮着她的丈夫……等到厂区的员工将一人一狗打捞上来后，杨老板已经没有了生命迹象。

众人猜测，可能是杨老板和狗玩耍时不慎双双掉入水池。杨老板不会游泳，水池的水很深，水池面积又大，加上事发当天是周日，员工休息，没有人听到呼救声，最终导致溺水身亡。

R保险公司经过现场查勘后提出七大疑点。

一、事发第二天，被保险人便被匆匆火化，没有举行葬礼，在外地当兵的儿子也没有回来，这违反常识。

二、事故发生时，无人报警，也没有拨打120急救电话，仅有一份石材厂附近村卫生所提供的死亡证明。据了解，事故发生前被保险人有聚餐饮酒行为，缺少尸检报告，无法确定是否因醉酒导致死亡。

三、事故发生后客户没有及时和保险公司联系，直到第四天才去报案，这期间存在一定的空窗期。

四、事发地水池位于厂区中心，傍晚5点到晚上8点期间没有员工经过的情况十分罕见，并且现场的监控录像缺失，监控有被拆毁的痕迹，存在销毁证据的可能性。

五、案发水池中间设有假山，可避免溺水时无处着力，借助假山脱险。

六、石材厂今年上半年受新冠疫情影响，海外业务暂停，营业额大幅缩减，因此，被保险人生前向租赁公司借款850万元，是否有其他债务情况尚不明确。

七、被保险人家属拒不提供案发前聚餐人员名单，存在疑点。

完成初步调查的一周后，由于 R 保险公司拖延赔付，鞠女士提出抗议，并向当地法院提出申诉，希望法院能强制 R 保险公司执行理赔。于是，R 保险公司向法院申请启用第三方公估公司调查事故真相，期望能通过公估公司搜寻到案件的直接证据。

到了 11 月初，公估公司调查完毕，给出公估调查报告。报告里，公估师对 R 保险公司提出的疑点逐一回复。

一、火化疑点。被保险人第二天火化是被保险人的家乡习俗，未举行葬礼是鉴于新冠疫情管控要求，被保险人外地子女未能及时回来，也是受新冠疫情影响无法离开部队。属于特殊情况。

二、报警疑点。事故发生时，仅有被保险人妻子、保安和员工三个人在现场。我司公估师分别找三个人当面调查，了解到当时因事发突然，三个人皆处于惊慌状态。送卫生所抢救是厂区保安提议的，卫生所离厂区最近，且备有抢救设备，具有抢救条件，送卫生所抢救属正常措施。综上原因，事发时未进行报警、求助120属于合理情况。

三、报案时间疑点。根据报案人，即被保险人妻子所述，事发后她处在伤心过度的状态，完全忘记有保险，整理被保险人遗物时，才想起来被保险人生前曾购买借款人意外险。根据借款人意外险保单条款规定，事故发生后5日内报案有效，因此本案报案时间的疑点不成立。

四、监控疑点。案发当日是周末，案发水池处于办公区域，离员工生活区较远，未有员工表示经过此处，且水池附近种植许多绿植，遮挡路人视线。水池附近监控是因为厂区监控需要定期返厂维修，事发前几周即已随其他位置监控一起拆除，与本案无关。

五、假山疑点。案发水池没有设立攀

爬栏杆，且长期未清理，水池内壁及假山存在苔藓，苔藓湿滑，难以攀爬。同时溺水时可能出现惊慌、呛水、窒息等情况，借助假山脱险的可能性几乎为零。

六、债务疑点。新冠疫情解封后，石材厂的流水线已经陆续恢复生产。经了解，被保险人仅有此一笔借款，生前其名下有多处不动产，不存在债务危机可能。

七、就餐疑点。就餐人员名单涉及个人隐私，被保险人家属有权利拒绝提供。在就餐过程中，被保险人确实有饮酒行为，但据该厂保安证明，被保险人遛狗时与保安相遇，交谈正常，神志清醒，没有醉酒迹象。

综上所述，本事故出险原因系意外溺水身亡，排除自杀或伪造现场的可能性。我司认为本案属于保单保险责任范围内。

看过这份调查报告，我觉得公估公司的语气不像是在调查案件真实性，只是在解释 R 保险公司提出的疑问，也没有提供新的案件证据。

　　R保险公司理赔部对于这份调查报告的内容很是不满，拒绝根据公估报告制定理赔方案。

　　但是，被保险人家属开始向银保监局投诉了。

　　收到银保监局的投诉通知，R保险公司理赔部急成了热锅上的蚂蚁。R保险公司此时正在接受信用等级评级，这时如果出现被投诉情况，将会直接影响信用评级的等级。

　　一开始，他们找到租赁公司，希望租赁公司能出面协调，劝被保险人家属撤诉，但租赁公司不予配合。

　　想想也是，这笔理赔款本来就是赔给租赁公司的，他们还想早点儿拿到理赔款呢，当然不愿意帮助R保险公司。

　　R保险公司理赔部负责人找到了胡工，希望胡工能帮忙调解。

　　R保险公司理赔部负责人表示，现在他们公司已经排除自杀和骗保的可能，认可这是一起意外事故了。案件的疑点不影响事实成立，是一定要理赔的，只是需要操作时间。因为知道胡工和杨老板生前的关系，所以他们希望胡工能出面劝说鞠女士撤诉。

　　胡工决定亲自去一趟石材厂。我们这边离当地不远，不论是出于公司利益，还是个人关系，他都希望尽快解决案件，以告慰杨老板在天之灵。

平时，胡工和他的手下大刘是黄金搭档，凡有事，同进同出。但是这次，大刘坚决不愿意再去，他对上次杨老板放狗咬他的事还心有余悸。我们保险公司有规定，这样的出差，原则上要两人以上。胡工为了避嫌，也想找个人陪同他一起去。

我们部门的其他人，欧阳与胡工平级，不好指挥他。老黄是领导，更不可能陪他去。齐哥正在处理运输险的要案，一时无法脱身。华姐是内勤，基本上不做处理案件的工作。

唯一的人选就只能是我了。

我当时虽然因为外卖骑手险的报案忙得不可开交，但又想多学习学习，想看看胡工是如何处理这种大型案件的。

胡工是福建本地人，已经五十多岁了，虽然又瘦又矮，但很有精神，一看就知道是个精明人。听同事说，他在做保险理赔之前是建筑工程师，所以大家都称呼他胡工。

平日里，他有点儿神神道道。我刚来公司的时候，有次部门聚餐，他喝了点儿酒，非要给我看手相。看完之后，他神神秘秘地对我说："你不是做理赔的命，这份工作你做不久……"

我并不相信这种东西，只觉得他在玩一种玄乎的心理游戏。不过后来，我确实离开了保险行业，也不知道是不是他的心理暗示起了作用。

石材厂建在一个山窝里，这地方太偏僻了，导航软件到这里只显示模糊的地名和界面大片的空白。幸好附近有个村落，胡工操着闽南方言跟村民边走边打听，问了一路，我们才摸到了石材厂的大门。

我问胡工："你以前没来过他们厂吗？"我想起传言说胡工和杨老板生前关系不错。

胡工讲："我去过他原来的老厂，这个新厂建成没到三年。开业那阵儿，他请过我来参加开业典礼，我当时太忙，没来参加，这是我第一次来。"

一进厂区，我被眼前的景象震撼得说不出话：这里与外面破落的村庄仅一墙之隔，却有天壤之别，多座欧式风格的现代办公大楼林立其间，宛如一处现代化的独立王国。

楼与楼之间的石板路干净整洁，两旁绿树成荫，修剪得十分整齐，造型优美。如果不是四处传来的石材切割声和雕刻声，以及不时擦肩而过的满载各种石材的大卡车，我还以为自己来错地方了呢。

这一大片厂区竟然都是这一家石材厂的。厂区内不仅有石材加工厂，还有设计师办公楼、石雕工厂、小型艺术品加工楼、电商销售楼、展品楼等。这样规模庞大的工厂我还是第一次见，目光所及，唯有震撼。

经过一处大型的露天仓库时，我看到一辆辆卡车往仓库里装货。奇怪的是，这些卡车上装载的货物都是大理石地砖、卫生间洗漱台等小型产品，而大型的雕刻品、石柱则成堆成堆地放在一个角落，无人问津。

接待我们的厂区经理说："石雕的客户主要在海外，今年受新冠疫情影响，国际海运停摆，石雕运不出去，很多本来年初交货的订单，现在已经逾期半年，不知道还要等多久。国内对雕刻的石材需求没那么大，好在前不久厂里刚谈了一个建设公园的订单，希望能把这些积货稍微消化一点儿。"

厂区的中心有一个假山喷泉水池，这里就是事故发生地。听厂区经理介绍，这个水池直径 12.8 米，最深处有 2.2 米，往年每个季度，杨老板会请外面园林公司的工人来护理，但受新冠疫情影响，这里已经半年多没有清理了。发生了这样的事故，他们准备用水泥封上水池，因为保险赔款还没有下来，为了保护现场，迟迟没有开工。

我靠近看了一下池子，现在池里的水已经抽干了，裸露出池底带有恶臭的淤泥。一想到被保险人曾在这里溺亡，我连忙走开了。

水池是从地面向下挖出来的凹型设计，周围护栏有差不多 40 厘米高，双手撑着可以翻过去。水池周围用抛光大理石砖铺了一圈的外沿，水池底部隐隐约约能看到一些管道，据说是从德国买的喷泉系统。

水池中间有一处高大的假山，假山的底座与水池外沿等高，假山是乌黑透亮的奇石，看着就价值不菲。

想必杨老板当年建这个池子花了不少资金，万万没想到，竟成了他的葬身之地。

一见到喷泉水池，胡工就认定这起事故是意外。

他的依据是石材厂三面环山，厂区中间是水池，水池和三面的山形成一个"凼"字的结构，"凼"就是"肥水"，"肥水"是财。"肥水"在流，财源滚滚，现在淤泥满池，"肥水"塞住，怪事发生……他说得头头是道，我听得云里雾里。

我们来到鞠女士的办公室，她是一位典型的南方女性，身材瘦小，神情温柔中透着一股不容置疑的气质。虽只担任财务总监，但她还管理着公司其他大小事务，比起她丈夫，她更加了解公司的运营情况。当得知胡工与她丈夫是朋友后，她表现得很亲切，但当听到胡工满口的"风水理论"后，她的表情逐渐难看。

她直截了当地说："厂区的建筑是我丈夫生前花重金从马来西亚请风水大师规划的，结果还是横死在厂区，这些风水就是迷信。"说得胡工哑口无言。

当我们提到杨老板的死因时，鞠女士终于忍不住发泄出来，陡然提高说话音量，大声咒骂她丈夫心爱的德国黑背犬，不停地埋怨她已去世的丈夫。先前她就不同意养这么凶的大型犬，丈夫不听，现在又因为去救落水的狗而丧了命，她现在恨死这条狗了，一出事就把它送走了。

她越说越激动，边哭边控诉丈夫太狠心了，他一走了之，把这么大的一个摊子丢给自己。自从出事后，她都顾不得悲伤，经营工厂的压力就要使她崩溃了……说着说着，她号啕大哭起来，双手捂着面颊，难以控制住自己的情绪。我们之间的谈话只能暂停。

在厂区经理的安排下，我们又去见了事故发生时的那位值班保安，在保安口中，杨老板的形象在我脑海里更加具体了。

杨老板为人豪爽、重情重义，还是全省优秀企业家，获得过好多荣誉，职工们都很爱戴他。他的父母是当地农民，他在家中排行老三，上面有两个姐姐，下面有一个弟弟。小时候家里很贫穷，为了补贴家用，他初中没毕业就去外地雕塑厂当学徒，学了一身好本领。后来他出来单干，凭着自己的精明、拼搏和非常好的口碑，才二十多年，就挣下这么一大份产业，大家都说他好人有好报，几辈子积德才能取得这些成就。没想到他竟然这样突然地离开人世了。

杨老板很胖，遛狗主要是为了减肥。保安猜测，可能是因为他太胖，才会在溺水的时候下沉很快，呼救的动静不大。要不是他自己下水去救狗，也就不会发生意外了……

我听保安说"杨老板是自己下水去救狗"时，想到刚才鞠女士也说杨老板是为了下水救狗，他们怎么这么笃定是杨老板下水救狗，而不是狗下水去救杨老板呢？我猜测，或许他们看过事故发生时附近的监控录像。

中午，鞠女士安排厂区经理陪我们到厂区的食堂吃饭。

走进食堂，我又一次被震撼了。

说是食堂，更像是高档酒楼，是一处独立的豪华小别墅，装修得富丽堂皇，里面有专门的服务员和厨师。

别墅有三层，每层都有一个大包间，装修风格迥异。我们所在的包间，墙上挂了不少当地名人字画，还有个陈列古董的多宝格，很有文化气息。

听经理介绍，这栋别墅是专门招待来宾的食堂。另外还有一个职工食堂，一日三餐免费向职工供应。职工食堂条件也非常好，杨老板在世时，经常在那里和职工们一起就餐。

偌大一张桌子只有我们三个人就餐，食品做得非常精美，不亚于高档餐馆。这是我人生中第一次受到这么高规格的接待，进而联想到 R 保险公司的理赔员和公估公司的公估师来查勘时，是不是也受到过这样的招待。

我又想到，杨老板生前最后一次招待朋友会在哪个包间呢？

我正浮想联翩时，胡工早就对餐厅仔细观察起来了。他用脚踢了踢我，示意我注意食堂天花板上，那里有监控被拆掉后遗留的痕迹。

天花板的色差很明显，不可能是调查报告上提到的案发几个月前就拆除维修的。

胡工给我使了个眼色，我立刻明白他的意思，他需要我当"白脸"了，这是他在来的路上教我的，以前大刘就是跟他这样一唱一和。于是我在饭桌上直截了当地提醒胡工案件还没有处理完，说了些"应该以了解案件为重，尽量还是不要耽误时间"这样的话。

胡工借着我的话，摆出一副为难的模样，向经理说起 R 保险公司的委托，又说到他们因为鞠总投诉急成了热锅上的蚂蚁……说到一半，他向经理打听鞠女士的意思。

到这时，经理见胡工态度诚恳，才告诉我们，鞠女士很想知道，R 保险公司委托我们此行来的目的，以及案子还会拖多久。

胡工告诉他，R 保险公司希望他们能向银保监局撤诉，他们现在已经认可了案件理赔条件成立，只是缺少证据，证据不足，不好结案。

提到 R 保险公司那位理赔员时，经理一脸厌恶，说："从未见过如此古板的人，上次一到厂里来，就要我们老板的尸检报告，人都已经火化了，怎么能提供出尸检报告？还说要让我们找警察开具证明，证明死去的确实是老板本人，我和老板娘都要被他气死了。后来他们公司又派了个糊涂蛋公估师，调查报告上连老板的名字都搞错了，还是老板娘指出来修改的。"

我听厂区经理这么一说，心中一凛。

他并不知道公估的调查报告有保密合约，报告只能给委托人查看，不能向外界泄露。经他这么一番倾诉，那份公估调查报告措辞奇怪的原因我们已经心中有数了。

胡工借着他的话问："你们为什么始终不愿透露聚餐人员名单呢？"

听胡工这样一问，他很警觉，反问我们了解这个做什么。胡工扮起"红脸"，说："我们保险公司是从共方，也只能起中间人的作用，具体理赔要 R 保险公司操作，所以我们和你们一样，想着怎么才能说服 R 保险公司尽快理赔。我和杨老板是朋友，了解当天的实际情况，才能更好地帮你们拿到理赔款。"

经理搪塞道："只是杨老板的一些朋友，我确实不知道是谁。"

我壮着胆子插话问道："杨老板去世都不愿意出面作证，还算什么朋友？你们如果有什么难言之隐，也请告诉我们，有胡工这层关系，你放心，我们肯定会保护你们隐私的。"

听我这样说后，他犹豫片刻，拿出手机和鞠女士通了一番话。不知道是被我说服了，还是鞠女士自己想通了，经理告诉了我们当天的真实情况。

原来当天石材厂的聚餐，是杨老板弟弟组的局。

杨老板的弟弟是当地县里的一名基层公务员。前不久，当地市级政府部门遴选一批基层公务员，杨老板的弟弟参加了遴选，笔试成绩还不错，已经通过，下一步要进行面试。他朋友的舅舅是负责遴选的市级领导，所以他邀请朋友到杨老板的厂里做客，想请朋友帮帮忙，托托他舅舅的关系，在面试时给予关照。这次升迁机会难得，杨老板也很支持他弟弟，热情招待了他们。哪承想，杨老板餐后会发生意外，溺水身亡。

鞠女士之所以连夜安排人拆除厂区里所有录下杨老板弟弟和朋友身影的监控，就是想保护杨老板的弟弟和朋友，怕万一有人得到监控录像，拿来做文章，对杨老板的弟弟和朋友不利。她认为拆除监控，就能让人觉得当时没有监控，不用调出监控录像取证了。

不敢报警也是这一原因，警察会调查当天杨老板见过的所有人，自然就会把杨老板的弟弟和朋友牵扯进来。鞠女士觉得，杨老板是人死不得复生了，不能再影响到他的弟弟和朋友。政府三令五申公职人员不准聚餐，要是把杨老板的弟弟牵扯进来，别说升迁是不可能的，连工作都有可能不保。

她找人做完这些事情，确认现有证据不会牵连到杨老板的弟弟和朋友之后，才敢向R保险公司报案。

R保险公司的理赔员到事故现场查勘时，对案件有诸多疑问，鞠女士为了保护杨老板的弟弟，所有问题都不予回答，这种极度不配合的态度反而更让人生疑。于是，R保险公司又委托公估公司来进行调查，她又想法子打发走了公估公司的人。

担心R保险公司后续还会不停派人来调查，有人给她支招，可以向银保监局投诉，给R保险公司施压，让他们不要继续调查。她投诉后，R保险公司果然立刻停止了调查。

讲到这里，经理说，鞠女士也觉得很难受。案发到现在，几个月过去了，保险理赔没有结束，杨老板的弟弟又出事了。

杨老板的弟弟对哥哥的死很愧疚，他想跟R保险公司的理赔员说明情况，但被嫂子鞠女士阻止，不让他参与到这件事情中。杨老板的弟弟也不知如何是好，心理压力非常大，这段时间患上了抑郁症。

最终，在胡工的斡旋下，鞠女士撤销了投诉，配合 R 保险公司取证。

R 保险公司启动保险赔付流程，把 850 万元理赔款支付到位。我们保险公司收到摊赔通知书以及转款凭证等资料，按照共保协议，将 50% 的理赔款，即 425 万元给了 R 保险公司。

过后很久，我都觉得这起案件十分荒诞。原本案件事故原因很清晰，因为担忧，人为地制造了许多谜团。制造谜团的前因后果又是如此合理，使案件陷入一个又一个似是而非的猜测中。真相被猜测包裹，荒诞成了唯一的常态。

【保险冷知识】

　　目前我国保险市场上的动物保险，大致分为四种：养殖险、宠物险、动物园动物险和野生动物肇事险。

　　1. 养殖险

　　这是属于农业保险范畴内的一个分支，主要是针对养殖的家禽、家畜、鱼虾等的保险。如果因为自然灾害、意外事故、大范围疾病导致养殖业动物死亡，保险公司会根据这些死亡的养殖动物的市场价值进行理赔。

　　2. 宠物险

　　现在的宠物险一般都是宠物综合险，保障内容包括宠物生病、发生意外时的治疗费用，以及宠物造成的第三方财产损失、人伤的补偿等。现在市面上部分家庭成员意外险里也会包含宠物险的部分条款，因为在现代观念里，宠物也是家庭成员之一。

3. 动物园动物险

动物园动物险一般是针对动物发生意外、患有疾病或自然灾害造成的死亡、产生医疗费用或失窃的保险。同时附加动物对游客或第三方造成的伤害或者财产损失，比如饲养员被动物咬到，或者游客的手机被动物不慎损坏等。

这种保险很少有公司单独承接，大部分动物园动物险都是多家公司的共保业务。由于这些动物比较珍贵，保险价值难以确定，要考虑到动物物种的稀有性，动物的年龄和健康情况，再加上对动物园的工作人员、配套设备等综合评估后，才能算出其保险金额。珍稀动物、濒危物种还会设置更高的保额。计算方式很复杂。

4. 野生动物肇事险

这一保险涵盖由野生动物导致的财产损失和人员伤害。在野生动物频繁出没的地区，如山区、森林或野生动物保护区，当地相关部门就会向保险公司购买这种保险。

比如云南省就给全省的野生象群购买了野生动物肇事险，这些象群在迁徙期间对当地居民造成的房屋建筑破坏、车辆受损、农田及农作物损坏等，都会由保险公司理赔处理。

女性健康险

保险理赔工作做久了，在工作中，我经常会生出一些想法。有时我觉得，发生保险理赔案件就像蜂巢破损，该工蜂上场了，而我就是那只辛勤工作的工蜂。理赔款是我们的蜂蜡，我得估量蜂巢损失的大小，计算要用多少蜂蜡既能达到修补效果，又不会浪费。

我最辛苦的日子，是负责外卖骑手保险理赔那段时间。当时我没有工作经验，还处在摸索工作方法阶段，外卖骑手保险案件又多又杂，每起案件都需要我及时跟进，一天下来筋疲力尽，每天都是硬撑着在工作。

这种累是从心脏扩散到肌肉的累，不仅我在工作时神经紧绷，即使下班之后，紧张感还会停留在身体里挥之不去，甚至有时做梦都还在工作。下班回家挤地铁，我站着都能睡着，好几回因此错过了站点。

在感觉自己快撑不住的时候，我写了一份辞职报告，打算第二天上班交给老黄。可是当新报案发过来，我又觉得自己有责任继续做下去。我们部门是一个萝卜一个坑，我若是轻易离开公司，先前负责的报案就无人处理。外卖骑手发生事故已经很不幸，理赔及时给他们提供援助，是对他们的安慰。若没有人接替我办案，客户遭遇的损失就不能及时得到补偿了。

也就是这种责任感支撑着我日复一日地工作、加班，我总是来得最早，走得最晚。辞职报告一直躺在我的电脑里。

2020年4月初的一天，老黄通知我把没结案的外卖骑手案件尽快清一清，我才得知外卖骑手保险这项业务到月底就要停售了。

一问原因，是业务前期赔案过多，年初又因为新冠疫情封控，外卖单量骤减，外卖员减少，导致每日保费量下滑。再加上其他成本支出，公司辛苦做了一年，这项业务却一直是亏损状态，没有做下去的价值了。

外卖骑手保险停售，我如释重负。

到了5月初，我和同事得以专心去处理手上遗留的外卖骑手案件。6月底，所有的外卖骑手保险案件全部结案，算是在2020年上半年结束前给这项保险业务画上了一个句号。

此后，老黄对我负责的工作内容进行了调整。我开始正式接手一些人伤意外案件，比如工伤保险、意外保险、医疗保险等。不再像以前一样协助别人办案，我开始独立办理这些案件了。

有一个银行女性员工团体健康专案保险，大家都不愿意处理，老黄就交给了当时还是半个新人的我。

银行女性员工团体健康专案保险，是专门给和我们保险公司有合作关系的银行定制的保险，相当于一种员工福利保险，不向社会销售。

这项业务的经办是我们保险公司业务部的副总监苏姐，这份保单的内容也是她参与制定拓展的。

苏姐是北方人，在南方打拼了三十多年，依旧说着一口老家的天津话。她做事干脆利落，说话快人快语。我刚开始称呼她苏总，她不乐意，白我一眼说："叫姐姐，什么'总'不'总'的，把我叫'肿'了。"

当时我没有反应过来，以为自己哪里惹到了她，直到齐哥说她就是这样的性格，我才明白她是在调侃我。

她的理赔案件一报来，我们部门里其他同事都避之不及。原因就在苏姐的工作风格上，她平时为人豪爽，但业务上又执着较真，一有她的出险报案，我们都会神经紧绷。

要是我们的理赔让客户不满意了，那就惹大麻烦了，她的办公室就在我们隔壁，她会直接站到我们部门门口骂街。

听说我工位的上一任理赔员，就是在苏姐业务的理赔上出了差池，被她找上门来好一顿痛骂，骂得他在办公室里哇哇大哭。这也是他后期黯然辞职的原因之一。

我接手理赔时，胡工说："苏姐跟我们部门八字不合。"

欧阳提醒我："你要小心点儿，尽量把案件处理得漂亮，别惹苏姐骂'三字经'[1]！"

案件处理起来不难，我们跟这些银行常年合作，

1　三字经：闽、粤等沿海地区三个字的骂人脏话。

他们熟悉理赔过程，所以报案理赔中很少出现争执，基本上所有报案都会理赔。

先前我和苏姐只是点头之交，自从我接手她的案件后，我们的联系变多了，我发现她并不像大家说的那样不好沟通。

她对自己的业务服务质量相当重视，对其他部门也要求严苛，这就导致大家很怕她，处理她的业务反而瞻前顾后、磕磕绊绊，以至于她更不相信大家的工作能力，大家就更怕她……于是变成恶性循环了。

我没有这种思想包袱，所以案件处理起来很轻松，无意中打破了这种恶性循环。我接手后，苏姐的业务投诉量明显降低，她也逐渐相信我的工作能力，对我赞赏有加。

"银行女性员工团体健康专案保险"简称为"银行女性员工险"。这一业务每月有三四起报案，大多是妇科疾病。

刚开始接手的时候，我有点儿避讳。作为男性，我不好意思向女性被保险人询问详细的报案内容，导致理赔进度有点儿缓慢，因此被苏姐说过好几回。我也意识到，我越是别扭，被保险人越不自在。这是我的问题，我应该把它和别的保险一样看待。后来相关案件处理得多了，面对被保险人，我也就越来越自然了。

这一险种我负责处理了两年多。刚接手时，有一起赔案的被保险人，至今令我难忘。

被保险人姓黄，四十多岁，在银行是个支行领导，看起来生活幸福、家庭美满。可她一直有宫颈方面的疾病，每隔两三个月就会报一次相关治疗的费用。费用每次都不高，扣除职工医保基金支付部分后，个人支付的治疗费一次 800 元左右。

就在我以为这种情况会长期持续下去的时候，我看到她最新的报案，得知她最近做了一次宫颈环切摘除手术。这是一个切除病变组织的小手术，费用 1500 元左右，对身体的影响并不大，只是将来若是怀孕，会有流产的风险。

我拨通黄女士电话，向她了解详细病情。她告诉我，宫颈病是她几年前生孩子留下的病根，以前体检就查出来了，医生当时建议她做这个手术，不然有很大可能发生癌变。她一直纠结，拖了好多年都没做，一方面是工作太忙，顾不上请假，另一方面是因为她还想要二胎，做了这个手术之后要二胎就有风险了。

一开始，黄女士和丈夫相信家里老人说的，生孩子留下的后遗症，再生一个孩子自然就好了。所以她采取了保守治疗，吃中药调理，试各种秘方，想抢在癌变前尽快怀孕，可偏偏一直没能怀上孩子。今年检查，她发现病灶突然开始恶化，病情加重，不得不动手术了。

我对她的病情表示关切，她感到我的善意，打开了聊天模式，继续向我诉说。

因为病变的部位较多，做完了环切手术后，她不可能再怀孕了。她和丈夫都不愿接受这一事实，千方百计地想再要一个孩子。

听完黄女士的话，我很惊讶，这是我第一次听到一个人即使身体不允许，仍坚持想要二胎的事情。我忍不住提醒她："自己的身体和生活才是最重要的，现在你要专心养病才是。"

她无可奈何地对我说："你还年轻，不知道孩子对家庭的重要性。在我们闽南这里，家族香火的延续很重要，要是没有儿子，在家族里都抬不起头来。家里老人嘴上虽然不说，但整天看我的眼神，都让我愧疚，充满负罪感。我有一个女儿，就缺儿子了，如果有了儿子，我的人生就圆满了。所以不管付出多大代价，我都要试试。"

我很难理解一位高知女性，自己身体正处在病痛之中，还受重男轻女观念的侵害，去考虑延续家族香火的事情。

之后黄女士再也没有报过案，我也没再和她联系过。或许她的病彻底治好了，又或许她和丈夫如愿挣够了钱，实现了愿望。

我希望她能一直身体健康、生活幸福。

每年的 10 月，是银行女性员工险的报案量激增的一个月，因为这个月是银行组织员工体检的时间。甲状腺、子宫炎和乳腺增生最常见，胆囊炎、结石、抑郁症也比较多。

2021 年 10 月，除了一些普通的疾病，我还接到两起癌症肿瘤的报案：一起是甲状腺癌，一起是乳腺癌。

癌症肿瘤可以说是健康类险种理赔中最怕遇到的情况之一，和普通案件不同，癌症肿瘤在结案时会有一笔一次性癌症补偿金。由于癌症肿瘤极难根治，补偿金是对被保险人后续相关治疗费用的补偿。一旦癌症肿瘤确诊，被保险人就可以申请这笔补偿金，结案后会和理赔款一起发放，保单也相应失效。

银行女性员工险里的一次性癌症补偿金设置为35万元。我们公司规定，案件的理赔额在20万元以上就属于重案，需要写一份详细的重案汇报，提交公司领导层审批，十分烦琐。另外，癌症案件的被保险人受病情影响，难以交流，给我的理赔取证工作也带来了一定难度。所以，每当接到癌症报案，我就压力倍增，会把手上的其他轻症案件往后放放，集中精力，优先处理这些重案。

罹患甲状腺癌的被保险人姓梁，是本地某支行的经理，三十七岁，正值事业上升期。在我们第一次电话联系时，我称她梁姐。交谈时，她低沉的声音带着难以掩饰的绝望，我在通话中简单了解了一下她的身体状况。因为重案的理赔需要有案情谈话笔录，我们约在她的工作单位见面。

见面当天，梁姐穿着银行经理的西服，虽然整洁，但明显能看出好几天没有熨烫，肩膀和袖口有些许褶皱。

她看起来很久没休息好，眼袋很重，整个人异常憔悴。她说，医院这几天没有病房，正在等医院的住院通知。

她又说，确诊患癌症后自己每天失眠，吃什么都没胃口。她有一个八岁的儿子，她和儿子俩只靠着自己这份工资生活，很担心这次生病对今后的工作和生活造成影响。

我问起她丈夫的情况，她的表情不由得有所变化，她说自己现在跟丈夫正在闹离婚。

梁姐和丈夫是八年前结的婚。没想到，结婚后丈夫整天在外面花天酒地，对家庭不管不问，家里家外全靠她一个人支撑。以前她一直期望丈夫能够浪子回头，但几个月前的一次吵架，让她彻底死了心。

那天她加班到深夜10点多，回到家，孩子已经睡了。丈夫一见到她，就讥讽她肯定是去外面潇洒了，这么晚才回来。

她解释是在加班。可是丈夫不仅不体谅，反倒指责她连儿子放学都不去接，也不给他们做晚饭。梁姐满心委屈，家里收入全靠她一个人去挣，忙完工作要接送孩子，还有一大堆干不完的家务。加班晚归已经很辛苦了，还要被丈夫指责、嘲讽，她实在受不了，与丈夫大吵一架。

丈夫摔门而出，彻夜未归。

她哭了一夜，下定决心，一定要离婚。

上个月，他们俩的离婚官司开庭。丈夫一直拖延着不出庭，儿子的抚养权问题也迟迟未决，官司还在继续，自己偏偏又查出癌症。

丈夫不知从何处得知了她患癌的消息，威胁她说，癌症患者不会得到孩子的抚养权，让她识趣点儿，不要再打官司了。

她去咨询律师，律师说，患癌症确实会影响法官对孩子抚养权的考量。她现在害怕极了，唯恐失去儿子，更担心万一自己的癌症治不好，撒手人寰，儿子会变成"孤儿"。

梁姐觉得自己得癌症是命中注定。

医生告诉她，甲状腺疾病很大程度上和病人情绪有关，过度劳累、作息不规律、心情不畅容易引起甲状腺疾病。她说，老公像是她的克星，自从结婚以后她就没有过上一天舒心日子，得癌症是必然的。

患癌症的事，她还没敢告诉孩子，怕吓到孩子。她只有每天在夜深人静的时候，一个人躲在厕所里哭泣，一边哭，一边祈求上天保佑她渡过难关。

她的工作收入不算高，除去家庭日常开支后，没有多少积蓄，父母家也拿不出给她治病的钱。现在她身无分文，都不知道该怎么活下去了……说着说着，梁姐泪流满面。

我安慰她，根据我以往理赔中接触过的案例，甲状腺癌症是个惰性癌症，在癌症里是较轻的，不容易恶化。现在医学那么发达，只要她积极配合治疗，一定是可以治疗好的，不要有心理负担。

为了让她安心治疗，我向她透露了一些我们的理赔方案。首先是她的初步治疗费用，保单条款上有一个甲状腺癌根治手术的分级表，根据手术等级从十级到一级，报销比例会逐级提高。此外，保单还有 35 万元一次性的癌症补偿金，应该能够保障她今后继续治疗所发生的费用，在治疗费用上，不要有什么后顾之忧。

听罢我的话，她的神色缓和多了，长舒了一口气。

几天后，她专门打电话来告诉我，不幸中的万幸，入院后的检查，病情正如我劝慰她时说的一样，她的癌症在可控范围，只要配合治疗，就不会扩散。

谈到发病原因，她说，医生判断可能是基因问题，也可能是心理压力导致的。而她坚定地认为就是丈夫的原因。

到了 11 月底，她在医院进行了甲状腺癌症治疗手术。12 月中旬，我们又见了一面，她的身形暴瘦一圈，我差点儿没认出来。因为手术，梁姐声音沙哑，脖子上围着纱巾，掩盖着手术后的伤口。她告诉我，今后还要定期到医院去复查、治疗。

她轻轻解开纱巾，给我看了那道粉牡蛎色的伤口，有食指那么长。尽管我处理过不少人伤理赔案件，见过更严重的伤口，但我还是感到一阵喉咙不适。

随后，我翻开她的病历，病历中写道：

> 术前冰冻检查确诊为甲状腺微小乳头状癌，当日进行右侧甲状腺切除术、甲状腺峡部切除术、右中央区淋巴结清扫术治疗……术后恢复良好，需要注意创口卫生，后续长期吃药、定期复查……

看到病历上的"术后恢复良好"，我放下心来。

回到公司，我开始起草这起案件的理赔书。

根据保单的癌症手术分级，梁姐属于"七级甲状腺癌根治术"。扣除医保支付的费用后，按照保单条款规定，对手术费治疗进行40%理赔，8000元的手术治疗费，理赔金额3200元。每天的住院津贴和大病补贴是300元，住院十天，一共3000元，加上35万元的一次性补偿金，最后我们总计理赔给梁姐356200元。

理赔款汇出的时候，已经到了2022年1月。

梁姐收到汇款一段时间后，又告诉我一个好消息：她已经顺利办理了离婚，争取到了孩子的抚养权。

梁姐说，在她手术之后，丈夫终于肯出庭了。在法庭上，丈夫的律师拿出她的癌症体检报告，向法官证明，以她现在的身体状况无法照顾孩子，她的病情对孩子今后的生活和心理健康都会有不良影响。最重要的是，她治疗癌症花费不菲，后续还会经常请假治病，势必会影响今后的工资收入，经济压力巨大，难以供养孩子。

好在梁姐的律师早就预料到对方的这一招，事前让梁姐找主治医生开了手术成功的证明，证明她的病情已经趋于稳定，康复效果良好，有足够精力照顾孩子等。梁姐也提交了一份自己的详细日常时间表，展示她在治疗期间是如何安排时间、平衡工作和照顾孩子的，最重要的是得到了保险公司的理赔款，自己经济上没有任何压力，能保障孩子的生活条件。

漫长的法庭交锋后，儿子的抚养权终于判给了她。她特别感谢我，拍了几张她和孩子一起吃饭的照片给我看，照片里她的气色恢复不少，明显比我初见她时情绪明朗很多。小男孩胖墩墩的，有妈妈在身边，笑得特别灿烂幸福。

她现在已经回到单位上班，只是每天要按时服用抗癌药，定期去医院复查。这对她来说已经很满足了。

令我意外的是，她说她原本觉得日子过不下去了，是手术前与我见面时，我说的那些话支撑她熬过了生命里最艰难的那几天。不然她恐怕连做手术的勇气都没有，更别说手术后又和丈夫对簿公堂，争来孩子的抚养权了。

一个人快要坠入深渊时，只要有另一个人说一句温暖的话，对她来说就会像看到太阳一样看到希望。我没想到自己正常的几句安慰能给她带来这么大的激励。

同一时期，另一位患乳腺癌的蔡阿姨就没有梁姐那么幸运了。

蔡阿姨今年五十四岁，在银行基层岗位上勤勤恳恳工作了一辈子，刚准备退休，却被诊断出乳腺癌晚期。

11月下旬，我在肿瘤科病房见到了她。化疗和病痛使她面目全非，头发掉光，脸上布满黑斑，身材肿胀变形，瘫软在病床上，苍老而疲惫。这与她多年前留在保险资料照片里的形象判若两人，我无法将眼前这位饱受折磨的病人与照片中笑容可掬、妆容精致的银行职员联系在一起。

蔡阿姨的普通话带着浓重的闽南口音，我是北方人，虽然来闽南生活十几年了，还是常常听不懂，还好有她的儿子耐心地一字一句为我翻译。住院期间，蔡阿姨的儿子也一直陪在她身边照顾她，让她有一丝安慰。

当我们谈到蔡阿姨的身体情况，她重重地叹了一口气，向我讲述了身体开始走"下坡路"的经过。

2014年初，她因乳房胀痛去医院检查，被查出多发性乳腺结节，有癌变的倾向，在医生的建议下做了乳腺双区切除手术。

这次手术是她噩梦的开始。她本以为手术过后身体会有好转，但在手术三个月后，她开始月经不调，经常莫名发怒，体重从72公斤飙升到87公斤。再次检查后，她才得知这些情况是因为乳腺切除手术导致体内雌激素紊乱，只能靠长期服用激素药物改善。

一段时间后，因身体内激素失衡，她又患上子宫内膜异位症，一直吃药治疗，但效果不佳，子宫时常疼痛。

2018年，做过手术的乳腺部位又出现了乳腺增生，她听从医生建议，进行了乳腺增生切除手术。这次手术让她的身体彻底虚弱下来，她再也没能恢复到以前的状态。

从那之后，她总觉得身体内长有异物，

身体经常莫名隐隐作痛，到医院检查了两次也没查出结果。直到今年单位体检，她才发现肝部有阴影，经进一步检查，确诊为肝内胆管细胞癌晚期。

据医生说，她现在肝癌已经恶化，即使得到最好的治疗，也只能延续半年的生命了。

蔡阿姨儿子刚结婚不久，本来打算与妻子一起去桂林共度蜜月，但就在临出发前两天，蔡阿姨检查出了肝癌。儿子的蜜月假瞬间变成了陪护假。

看到儿子疲惫的脸庞和忙碌的身影，她内心的愧疚不亚于身体的病痛。"是我拖累了他。"我听见她低声呢喃，只见泪水在她眼眶里打转。儿子一直轻轻地握着她的手，在旁边安慰她，但蔡阿姨心中的愧疚始终无法消散。

2014年，蔡阿姨自己投过一份其他保险公司的商业医疗保险，乳腺结节手术后，她得到了这家保险公司的理赔款。当时同事来探望她时，提醒她，她们银行多年来一直在为她们购买银行女性员工险，蔡阿姨之后就没有再同那家保险公司续保。

后来，她患上子宫内膜异位症的治疗费、乳

腺增生切除手术的治疗费，都在我们公司进行理赔了。

多年的求医治病已经耗尽了家庭的积蓄，她这次治病的钱是向亲朋好友借的。她紧紧握住我的手，语气中带着恳求和不安，声音微微颤抖，请求我尽快帮她理赔。她觉得自己患癌症已经拖累亲朋好友了，再欠人家的钱，不及时归还，更是寝食难安。

我连忙安慰她，一定会尽快帮助她进行理赔。

12月中旬，蔡阿姨的第一阶段治疗结束。她递交了所有资料后，我加班加点地为她计算理赔款，撰写理赔报告。深夜，当我在电脑上写好理赔计算书和理赔报告，提交系统审核后，我松了一口气，感到心情舒畅。

第二天，我打开理赔系统，顿时心凉半截——理赔方案被核赔部退回了。

核赔部对本案的理赔提出了两个关键问题。

一、七年前其他保险公司曾理赔过蔡××女士手术治疗案件，需要确认这次癌症是否与那次的病情有关。

二、多年前银行为蔡××女士购买

银行女性员工险保单时，是否存在带病投
保？另外，还需要确认蔡××女士在我
司投保期间是否有过断保情况。

　　理赔金额巨大，需要慎重处理。

　　我心里咯噔一下，这两个问题如同两把利刃，
切到了这起案件的关键点。这两点我当时确实忽
略了。

　　如果蔡阿姨现在的癌症与七年前的病情有关，
那么按规定，这次肝癌不属于我们理赔责任范围。
带病投保也是棘手的问题。这意味着蔡阿姨在投保
时没有履行告知义务，尽管她可能并非有意隐瞒，
但根据保单免责条款，"被保险人有既往病症史的
情况不予理赔"，在明确的条款面前，没有商量的
余地。

　　这令我犯了难。按规定，如果蔡阿姨不在保
险责任范围内，她的报案就是无效的，即使申请通
融赔付，公司最多也只能支付一笔少量的人道关
怀金。

　　为了解决第一个问题，我找到蔡阿姨。她儿子
翻遍了家中的每一个角落，却依然找不到当时的病

历。我们只能寄希望于其他保险公司的理赔记录，但七年的时间太久远，必须由她本人联系这家保险公司寻找记录。记录能否找到，找到这些记录又能否明确当年的病情，我心里没底。

第二个问题更麻烦一些，我需要在公司保单系统里寻找蔡阿姨的历史投保记录。要是放在以前，这项工作不难，老系统可以直接导出在保人员名单的 Excel，通过索引就可以查到。然而 2021 年年底，公司刚启用新系统，老系统停用。出于客户信息安全考虑，团体保险保单不再提供 Excel 导出功能，并且也没有人员名单检索功能。

从 2011 年开始做银行女性员工险这项业务，迄今已经十年有余。银行每年一份保单，每份保单囊括全国所有支行员工，名单数百页，名单里面的员工名字是随机排列的，没有规律。这也就意味着，我需要在数千页的员工名单里一页一页地人工翻找。

工作量太大，同事们都劝我等检索功能上线后再来查找，但 IT 部安装新功能少说也要一个月。一个月的时间对蔡阿姨来说真的太久，我担心她等不起。

于是，我找了一个周六，用最笨的办法从最初的一份保单一页一页地翻找。密密麻麻的名单看得我眼睛发花，这真是个打磨耐心的活儿。

在 2011 年的原始保单里找到她，我花了将近两个小时。

查找实在麻烦。我记下在 2011 年保单中找到蔡阿姨名字的这一页页码，打算以后的年度都直接在相同页码中查找。可我在查找 2012 年保单中职工名单的时候，发现与 2011 年保单的同一页码中，没有蔡阿姨的名字。

我意识到了一件事：我原来的想法错了。保单的人员名单是银行统计提供的。银行经常会有人员变动，入职、离职、退休……所以每年名单的顺序都是不一样的。这样，每一年度的保单我都要重新从头开始寻找了，工作量远远比我想象中大多了。

我是上午 9 点进的公司，中午没吃饭，直到下午 5 点半，才终于把蔡阿姨的所有承保记录找齐了！从 2011 年到 2021 年，这十年的保单里，没有批改，没有断保。

2011 年参保时的资料反映，她当时没有任何疾病，也就是说她不是带病投保，符合投保条件！

我拖着疲惫的身体走出办公大楼，望着西落的太阳，虽然腹中非常饥饿，但成就感满满。

周一上班，我收到新消息，她在 2014 年投保的那家保险公司找到了她 2014 年的理赔记录。

> 蔡阿姨于 2014 年 2 月因双乳腺反复胀痛在医院检查，检查发现多发性结节，诊断为导管内乳头状瘤，部分钙化，进行双乳区段切除手术，术后病理检查结果为良性……

理赔记录明确提到蔡阿姨当时的病症导管内乳头状瘤，是良性。从医学上来讲，与现在所得的肝癌没有直接关系。

理赔部提出的第一个疑问也解决了。

解决了这两个问题，我心中一块大石头落了地，着手写新的案件调查报告。两周后，案件进入财务汇出理赔款阶段，我第一时间告诉了蔡阿姨这一好消息。

然而，我迟迟没有收到回复。

三天后的一个傍晚，我接到了蔡阿姨儿子的

电话，说蔡阿姨一期的化疗效果不好，前天在医院突发昏迷，已经转入 ICU 了，医生说醒来的概率很小……

听到这一消息，我的大脑顿时一片空白，一阵酸楚涌上来。停顿片刻，我深深吸了一口气，稳住自己的情绪，告诉他理赔款审核通过了，想请他提供一下蔡阿姨的收款银行账号。

他说："谢谢，辛苦了。"

我不知道该怎么安慰一位即将失去母亲的儿子，等我回过神来，电话那头的声音已经消失，只剩下静默。

我一直认为保险理赔是一项修复破损的工作，然而他失去母亲留下的"破损"，我们的保险理赔又能"修复"多少呢？

"熊孩子险"

自从公司不做外卖骑手保险业务之后，我的工作轻松多了，只用负责一些个人保险案件。那段时间我们市里各个区受新冠疫情封控影响，报案量比较少。

每天上班，我跟进完自己手上的案件，剩下的工作就是帮欧阳整理一些其他案件的资料，一边整理，一边学习其他案件的理赔方法。

午休时，我喜欢躺在办公室的折叠床上用手机看新闻。有一次，我看到有人转发了一个标题为"给孩子买了'熊孩子险'，出事却不能赔付"的新闻视频。

视频里，张先生述说，他为自己八岁的儿子在某保险公司购买了"熊孩子险"。儿子在学校弄丢了同学的眼镜，张先生到学校道歉，当场赔给同学家长 2500 元。事后，他想起自己给儿子买的"熊孩子险"，找到保险公司索赔。保险公司理赔员了解案件的经过后，拒绝理赔。

理赔员的说法是，经过他了解，张先生儿子故意踢了同学一脚，抓下对方的眼镜丢出去。这种故意行为不能赔付，如果是在玩耍中不小心把别人眼镜打破了，方可进行赔付。

张先生找到媒体寻求帮助，媒体记者陪同张先生去保险公司了解情况。一番理论后，双方达成一致意见，保险公司按责任比例进行了协商理赔。

视频中，主持人说："张先生的儿子虽然是故意把同学眼镜弄丢，但小孩子的故意行为和成年人的故意行为性质不同，成年人的故意伤害是违法行为，而小朋友心智不成熟，缺乏对后果的考虑，不能按故意行为论处。但考虑到监护人也负有教育缺失的责任，双方均需承担责任，保险公司应给予相应责任比例的理赔款。"

我看到这则新闻下面有条评论：

　　研发出"熊孩子险"真是稳赚不赔，大多数买保险的孩子都不是熊孩子，不会出事。熊孩子惹出的小事故，家长自己就能解决，不会去麻烦保险公司。即使碰到大事故，有的熊孩子家长也会耍赖、推卸责任、逃避赔偿，不给保险公司添麻烦。

保险公司真是一本万利啊！

我一开始觉得这条评论颇有道理。直到我接手处理这一险种，才发现这种说法太想当然了。

"熊孩子险"，顾名思义，是一款针对未成年人的第三者保险，保障内容主要是孩子因意外造成的第三者损失。

"熊孩子险"的出险报案率非常高，小案、大案皆有。在我们保险公司，"熊孩子险"赔案一年有六七十起，经常会刷新我对熊孩子"破坏力"的认知：彩笔涂鸦弄脏了公共雕塑，购物时撞坏商店里的塑胶模特等，这都是常见的小案件；游泳期间将玩具丢进泳池的过滤系统，用水枪喷广场 LED 屏幕导致短路等，这些事故动辄有几万元乃至几十万元的赔偿。

只有你想不到的事故，没有熊孩子们惹不出的。

我处理过的一起"熊孩子险"案件，案情就让我感到意外：三岁的小男孩在商场玩耍时，按了扶手电梯内侧的急停按钮。当时，一位中年女性正在陪同父亲乘坐扶手电梯，扶手电梯骤停，老人站立不稳，猛地摔倒，滚下台阶，受伤严重。

男孩的母亲叶女士是这家商场手机店的销售，得知儿子闯祸后，立马打车送老人去医院，并垫付了3000元的治疗费。医院检查发现老人眉骨、肘骨、膝盖多处骨折。不仅如此，老人的眉骨骨折还伤到了眼球，有失明风险，需要立即动手术。手术可以先做，但是费用之后要补齐，一共15万元。叶女士得知后，顿觉六神无主。

她和丈夫是从外地来南方打工的，月薪只够勉强维持生活，15万元对他们来说是个天文数字，根本掏不出。被摔伤老人的女儿了解到叶女士家的经济状况后，也不忍心为难。正在双方一筹莫展之际，叶女士猛然想起，自己曾给孩子买过家庭成员责任保险，也就是"熊孩子险"。

接到报案之后，我立即赶到商场了解情况，查勘取证。

在商场，我见到了叶女士。她告诉我，她家孩子还没到上幼儿园的年纪，孩子的爷爷奶奶都在外地，孩子一个人在家里，没人看管，她不放心，只好把孩子带到商场里来。她一边上班，一边照顾孩子，老板知道她的难处，默许了她的这种行为。

出事那天是工作日，商场没有多少顾客，这层的营业员都认识她家孩子，平时也帮忙照看，所以才放心让孩子一个人在商场玩耍。孩子很听话，平时也只会在这一层玩，不会乱跑。

我问她："孩子为什么要按扶手电梯的制动按钮？"

她指着出事的电梯，对我说："你看，我们商场扶手电梯制动按钮上有个向下的箭头，之前我带孩子去游乐场游玩，抓娃娃机上也有一个一模一样的向下箭头。我家孩子不认字，不知道制动按钮上的箭头写的是'急停'，他还以为这个按钮也能抓娃娃呢。"

这一原因多少让我有点儿意外，不过也在情理之中，小孩的思维方式总是和大人不一样。

叶女士问我保险能赔多少钱，我不好回答。案件损失金额太高，不是我一个小小理赔员能做主的，我怕直接告诉她会与后期实际理赔计算有出入，只能跟她说"要根据保险责任确定"。她听完忧心忡忡。

我办这起案件最担心的是取证问题，事故已经过去四天，商场里人来人往，不知道还能不能取到相关理赔证据。好在商场装有监控，商场工作人员把出事时的监控调出，我拷贝一份作为取证。

从监控录像里能很清晰地看到，扶手电梯运行时，叶女士的儿子独自蹲在扶手电梯下方的制动按钮附近，周围没有其他人。只见伤者父女俩乘坐下行电梯，电梯运行到一半时，男孩突然按下了紧急制动按钮，他们俩的身体猛然前倾，老人的女儿瞬间抓住了两边的扶手，而老人没抓稳，朝下方摔去，跌落到小男孩身前。小男孩被眼前突然摔下的老人吓坏了，无助地大叫。

我又去走访了受伤的父女俩，老人的女儿说："小朋友身形比较矮小，蹲在那里，很难被人注意到。我也想不到他会按下制动按钮，如果能意识到危险，我们也会提前预防。"

按理说，我应该再向孩子进行取证，但我考虑到孩子还小，又受了惊吓，也就作罢了。其他证据也足够证实情况了。

在调查报告里，我写道：

本次事故是意外所致，保险责任成立，论述如下：

小朋友年龄太小，不认识按钮上的字，并不知道按钮用途。从其母亲的证言来看，小朋友当时误解按钮作用的可能性很大。

根据监控录像和相关证言，小朋友当时并没有意识到自己的行为会导致严重后果，案发时身边也没有其他成年人在场，事故的发生完全是因为小朋友的好奇和无知。

发生事故的扶手电梯在设计上也有一定的缺陷。首先，制动按钮位于儿童可以操作的电梯下方；其次，制动按钮上没有设置防误触保护罩；最后，制动按钮按下后，停止前应当有一定的缓冲速度，而不是急刹。

这是一起没有争议的事故。从老人住院治疗到出院共产生费用 184500 元。按照保单约定，每一起事故赔付限额 20 万元，扣除 200 元的免赔额后，我们保险公司对老人个人支付的治疗费用进行了全额理赔。

老人住院期间，叶女士多次带着孩子去照顾老人。即使我们理赔已经帮她兜底了，她依旧很过意不去，觉得是自己没看好孩子，才导致老人受伤。幸好老人的手术和康复很成功，眼睛也没有落下残疾，不然她可能会自责一生。

网络的一些报道，经常会让人产生这样的误解：社会上的"熊孩子"好像层出不穷，推卸责任、袒护"熊孩子"的家长不断涌现，让人觉得世风日下。

事实上并非如此。我通过经常处理类似的"熊孩子案件"发现，现实的情况是，大多数小孩都是淘气的，但没"熊"到恶意的程度。小孩闯祸，都是出于好奇心和探索的本能，他们对社会的正确认知还有待形成，我们对他们不能求全责备，需要给他们成长的空间。现实生活中，多数家长是善良的，富有责任感的，甘愿补偿自己孩子造成的损失，就像叶女士这样。那些蛮不讲理、投机取巧、推卸责任的家长虽然存在，但毕竟是少数。

网络上，之所以有人喜欢报道那些容易误导人的新闻案件，是因为他们认为那些正常的、顺利处理的案件，既没有"新闻热点"，也没有"报道价值"，所以不予报道。他们为了满足人们的猎奇心理，更喜欢关注那些偶然的、反常的新闻案件。这类案件往往容易在网络上发酵，激起人们的情绪，增加人们对社会的偏见，再加上如今网络所谓的"神评论"给了大家更多扩散的理由，处处是嘲讽和揶揄的狂欢。真实、理性的表达在当下的网络环境中反而常常被打压。

社会真相往往被掩埋在肆意发酵的网络假想之中。

要说"熊孩子险"的理赔有什么难度，大概是在如何定义事故性质是"意外"还是"故意"上。小孩故意的行为到底能不能理赔？理赔的责任比例又要怎样界定？据我所知，业内还没有一个统一的标准，这就给案件的理赔带来了难度。

"熊孩子险"在保险业内也是一个通俗的统称。每家保险公司"熊孩子险"的险种是不一样的，有的公司叫"监护人责任险"，有的叫"家庭成员责任险"。险种不同，条款不一样，责任范围也不一样。因为对保险责任范围的理解不同，客户和保险理赔员之间经常产生矛盾，发生纠纷。

保险的作用从来不是为了制造纠纷，而是为了保障客户的权益。"熊孩子险"对保险行业提出了新的挑战。

有些保险公司认为，只要在合法合规的大前提下，对小朋友的一些"故意"行为也可以进行理赔，因为他们认为小朋友缺乏对行为后果的认知能力。理赔时双方进行协商，通过界定责任，制定责任比例。按责任比例，保险公司理赔一部分损失，剩下的损失由监护人自己承担。小朋友的"故意行为"也是监护人的监管失职，作为小朋友的监护人也要承担一部分责任。

在处理"熊孩子险"的过程中，我观察到一个现象：大多数父母在报案时，总不免带有一些包庇心理，强调孩子"不是故意的"或者"不小心"，尤其是爸爸来报案，更爱把事故往"小"了说，暗示事故是孩子"不小心的意外"，让事故显得不起眼。他们觉得把事故情况轻描淡写，能显得孩子的过失没那么严重，更方便和保险公司协商。

比如，小朋友和同学打架，打伤了同学，在报案表述里，就会变成"小朋友在学校玩耍时碰到了同学"。小朋友把停靠在路边的两辆车之间的空隙当作球门，练习射门，误撞到车辆，报案表述里就变成"小朋友踢球时不小心碰到了路边车辆的后视镜"。小朋友去邻居家做客，把冰箱门轴弄断，整个冰箱门掉下来，报案描述里就变成"小朋友不小心把邻居家冰箱的一个零件弄坏了"……

在"熊孩子险"案件中，熊孩子发生一次事故是无知，两次是淘气，但当发生三四次乃至屡教不改时，我们就会请保险业务员婉拒客户续保。

刚开始处理这一险种时，我不懂这里面的复杂性，再加上当时新冠疫情封控，不方便现场查勘，金额不大的损失案件都做线上处理。本着诚信原则，报案人描述的案发经过我都深信不疑，相信都是小朋友的无心之举。为此，老黄不止一次说我，不要太轻信别人了，对"熊孩子案件"也要认真分析案件原因，核准事故责任，合理进行赔偿。

让我意识到界定熊孩子险"故意"和"意外"重要性的，是一起发生在一所小学的报案。

报案人刘先生说，九岁的儿子刘洋在学校碰到了同学，同学有点儿小伤，需要理赔。

接到报案，我心想，小朋友之间的"碰到"能有多大的伤害，便让刘先生把受伤孩子的照片先发来，打算线上理赔。

看到刘先生发来的照片，我惊讶了，这是一张脚踝骨的 X 光片，没想到他口中的"小伤"居然是脚骨骨折。

在我的再三询问下，他才把真实情况告诉我："体育课上，老师组织同学踢足球，这期间刘洋用脚绊倒了同学林浩，导致林浩摔倒骨折。"

他说："我本来不想给你们公司添麻烦的，这是体育老师的责任，应该由学校的保险理赔，可是负责学校保险的保险公司说，他们只保学生自身的意外伤害，这属于学生之间的过失导致的伤害，不在他们的保险责任范围，应由学生的监护人赔偿。所以我才给你们报案，这应该在'熊孩子险'的理赔范围吧？"

发生事故的学校离我们保险公司不远，我接到报案就前往学校了解情况了。在学校，我见到了两对父子和班主任。

林浩右外踝下端骨折，需要住院治疗，现在是围绕医疗费一事，需要保险公司提供一个理赔方案。我告诉他们："这种意外事故，保险公司可以理赔，但是你们要先行垫付医药费。我们需要对事故进行调查取证，等到伤者出院，再根据医院治疗发票据实报销。"

班主任觉得，既然意外事故是刘洋同学不小心导致的，那么理应由刘先生先垫付医药费，并且刘洋有保险可以理赔，等到理赔的时候，刘先生可以得到赔偿。

刘先生听了不乐意，他觉得保险公司的理赔款是可以直接赔给林浩爸爸的，他没有必要多此一举，前期垫付。

就在刘先生和班主任争执、理论的时候，林浩爸爸突然开口说："我觉得这件事不简单，不应该是意外。我越想越觉得奇怪，体育老师说，踢球的时候，两个孩子是同一队，他们俩同一队，怎么还会有抢球的情况……"

林浩爸爸又讲了一件事："前几天下雨，我发现我儿子的雨衣破了，开始我儿子说是自己摔的。但雨衣上的破洞明显是戳出来的，我再三追问，他才向我坦白，是刘洋用雨伞尖把他的雨衣戳破的。"

接着，他又想起来另外一件事："一个多月前，我儿子从学校回来，鼻子里塞着卫生纸，明显是流了鼻血，校服上衣有血迹，我问他怎么回事，他说是同学不小心撞的。我现在想想，很有可能也是刘洋撞的。我儿子不敢说。还有一次，他头上被砸出大包，应该也是刘洋干的……"林浩爸爸越说越气愤。

刘先生大声争辩道："我家儿子好老实的，不可能做出这些事情来。你不要诽谤我们！"

看到办公室里火药味十足，没有办法进行取证，我试图劝他们理智一点儿，但不起任何作用。

林浩爸爸表情严肃，他觉得我们根本没有意识到问题的关键性，声嘶力竭地叫道："我家儿子在学校被霸凌了。之前他跟我说过，他告诉过班主任刘洋欺负他，可是班主任没把这件事放在心上，让他自己解决。九岁的孩子，你让他自己怎么解决？"

战火又转移到班主任身上了。班主任收起笑脸，问林浩爸爸到底想怎么办。其他老师也看过来，有的是想看热闹，有的是打算劝架。

林浩爸爸接着说："我儿子都被校园霸凌了，这么严重的事，我需要讨个说法。"

刘先生听罢，口中不断输出脏话，直说林浩爸爸诬蔑他儿子。林浩爸爸更不甘示弱，吵着吵着，他们俩就推搡起来。

见他们俩厮打一团，我和班主任根本劝不

住，别的老师报了警，警察直接将他们俩带去了派出所。

于是，我只好"冷处理"这起案件，打算等刘先生事后跟我联系。可是我左等右等，刘先生始终没再和我联系。我电话打过去时，他也不接，似乎是把我拉黑了。我用同事电话打过去，他听见是我的声音，就立马挂断。

案件在系统上放置了一年左右，确定刘先生一方没有回应，我进行了销案处理。

当事人拒绝接触，不再要求理赔，最终只能销案的情况，在我们处理过的案件中少之又少。刘先生究竟为何不接我电话，为何不再要求理赔，我不得其解。同事推测，可能是双方因为这件事打官司了，刘先生有可能败诉了，他家孩子要是被认定为"霸凌"，恶意伤害同学，就不在我们的理赔范围了。可能是这样，他才不再和我们联系的吧。

"熊孩子险"有五种不予理赔的情况：一是法院判决监护人负有法律责任的不赔；二是孩子在高风险运动期间造成的第三方损失不赔；三是孩子造成的自己以及直系亲属的损失不赔；四是孩子被教唆故意导致的损失不赔；五是损坏公共财物虽可以

获得补偿，但是相应的罚金不在赔偿范围内。

有一次，一位家长报案说，自己的孩子在学校不小心踢到了同学，同学的一颗牙齿被踢掉，补牙要 1700 元。

我看到"踢到同学"，尤其是"踢掉牙齿"这些字眼，担心又跟"霸凌"相关，便让客户先提供一下检查报告、发生事故现场的照片，最好再问学校要一下现场的监控等。

客户听完，说会找跆拳道学校的老师要相关资料。

听到这儿，我只好语气委婉地告诉他先不用准备了。这起事故发生在练跆拳道期间，不在保险责任内。

担心他不能理解，我还把电子保单上"高风险运动项目除外条款"的内容截图给他看。

好在对方比较通情达理，说了句"那好吧"，联系我们保险公司客服撤案了。

而"孩子造成的自己以及直系亲属的损失不赔"，这一免责条款涉及"第三者"的定义问题，就很容易出状况。

我遇到过这么一起案件。

　　梁先生报案说，孩子在小区玩球时砸伤了邻居金女士的鼻子。

　　当时金女士在小区里跑步，正巧梁先生的儿子和同伴在小区空地练习篮球传球，轮到梁先生的儿子传球时，一时失误，不小心砸到了跑步经过附近的金女士的鼻子。

　　意外发生后，梁先生送金女士去了附近的医院就医。鼻子外侧缝了两针，里面缝了四针，住院七天花了1500元，由梁先生自掏腰包承担。事后，金女士又要求赔偿误工费、营养费、祛疤费等，总计5600元。

　　这一金额太高，梁先生不愿承担，他想起给儿子买过"熊孩子险"，便来找我们进行理赔。

　　令人头痛的是，他家的小区太老旧，发生意外的空地又太偏，没装监控——正因为空地位置太偏，平时没人经过，所以孩子们才在那里练球。

　　没有监控，就需要其他的资料来佐证事故过程，需要被保险人、伤者和现场目击者的笔录，之后我还需要前往案发现场拍照片取证。

　　梁先生问："我儿子和他的朋友都还小，这次吓得不轻，说不清楚，笔录能家长帮他们做吗？"

我说:"当然可以。我跟您约个时间,当面做笔录吧。"

他听完有点为难,说自己工作很忙,没有时间见面,提议让我先跟伤者联系,便发来了伤者金女士的微信名片。

这里要提到当时微信的一个系统问题,加陌生人好友的时候,对方的旧头像不会及时更新,加上好友几分钟后才会更新为新头像。

我加金女士好友的时候,她的头像是她和儿子在一家露天餐厅就餐的照片。等我加到好友之后,她的头像变成了一只趴在地上的小狗。

让我开始意识到案件有点儿不对劲的地方,就是金女士头像里的"儿子"。

梁先生的头像是他和他儿子一起背对着镜头、双手在头上比心的照片。

我找到微信里梁先生发给我的金女士微信名片,微信名片上显示的仍旧是金女士的旧头像。我将旧头像里金女士儿子的发型和服装同梁先生头像里他儿子的背影对比,尽管看不到梁先生儿子的脸,但我仍能感觉到他们的头像里是同一个孩子。

我还记得梁先生口口声声说,被砸到鼻子的金女士是他同一个小区的邻居——现在看来，他们根本不是邻居关系，而是夫妻关系。

梁先生为什么要谎称他们是邻居？根据我的推断，是他看到保单里"孩子造成的自己以及直系亲属的损失不赔"的条款，才撒了谎。他的这种行为已经构成故意骗保了。

为了证明我的猜测，我在保单系统里找寻梁先生儿子的照片，可惜无果。业务同事告诉我，家庭成员责任保险为了节省流程，投保的时候只会要求提供监护人的照片，不会要求提供孩子的照片。

我把这件事汇报给了欧阳，欧阳让我先不要打草惊蛇，在后续的沟通中让对方提供更多证据。按照正常程序，梁先生需要提供户口本全本扫描件、结婚证和孩子的出生证明。如果推测正确，这些资料上都会有金女士的名字。

我把需要的资料清单发给梁先生，他直接推脱道："结婚证和出生证明我找不到，不知道放哪里了。户口本我也只能提供我和孩子的两页，我和我儿子、我父母、我兄弟姐妹十几个人都在同一个户口本上，不可能都拍给你们的，这是隐私。"

我又问他金女士的住址，打算用这一问题引出他俩的关系，没想到他反应很快，说："我俩之前又不认识，她没告诉过我，我怎么可能知道？"他说完，就挂了电话。

而金女士也坚持说，自己之前不认识梁先生。

没有确凿证据，怀疑终究只是怀疑，妄加猜测很有可能会被客户投诉到银保监局。

以目前的情况，只要他和金女士咬死双方互相不认识，我们也没有办法。

还是业务部的同事提醒了我，她说："梁先生不单在我们公司买了'熊孩子险'，他的车辆保险和家庭成员驾乘意外险也在我们公司。如果他们是一家人的话，家庭成员驾乘意外险的被保险人里一定会有妻子的名字。"

果不其然，我们在保单系统里找到了梁先生的保单，家庭成员驾乘意外险的被保险人名单里有金女士的名字，而在与投保人梁先生的关系一栏，赫然写着"夫妻"。

有了这一证据，我们信心倍增。不过，等我再打电话过去时，我已经被拉黑了，后来他们也没再续保。我和同事一致断定，他们一定是感觉到我们在调查他们，心虚了。

　　现在回想案件经过，如果不是当时微信的系统问题，让梁先生和金女士的头像露出马脚，我恐怕也不会怀疑他们之间的关系。至于要证明资料的话，梁先生那套口吻在当时完全可以糊弄过去，保险公司不可能对此进行全方位调查。

　　"熊孩子险"只是为了分担家庭的经济风险，对孩子过失事故的一种补救措施，并不是用来保护孩子的"熊"，纵容孩子"熊"下去。

　　有的家长认为反正有"熊孩子险"为孩子的"熊"兜底，就逃避监管责任，对孩子放任自流，让本来不谙世事的孩子们在迷途中愈陷愈深。这不是"熊孩子险"的目的。只有监护人对孩子肩负起教育责任，帮助孩子树立正确的认知，杜绝"熊"行为，才是对孩子最好的保护，最好的兜底。

【保险冷知识】

保险公司责任保险产品中常有"家庭成员、直系亲属不属于第三者，属于责任免除范围"的条款。

2021年10月，有一则"父亲倒车压倒两岁儿子致身亡，获百万保险赔偿"的新闻。

2020年8月，吴先生着急开车出门，汽车倒车时，没有注意到两岁的儿子在车后玩耍，不慎将儿子碾压身亡。根据交警判定，吴先生驾驶机动车没有按照操作规范安全驾驶，对交通事故承担全部责任。

事故发生后，吴先生向保险公司索赔。保险公司拒绝赔偿，理由是死者是吴先生的儿子，属于家庭成员，不属于事故第三者，在保险合同条款中属于免赔范围。在这起事故中，吴先生既是肇事方，又是赔款受益人，过失致人死亡反而获得经济赔偿，这有悖法理。

双方争执不下，闹上法庭。法庭最后判决吴先生胜诉，保险公司承担80%的保险责任，支付吴先生111万元赔偿金。法院解释，根据现场监控录像显示，这起事故吴先生不是故意所致，并且他也获得了死亡孩子的母亲，也就是吴先生妻子的谅解，吴先生妻子自愿免除加害方的责任。

在这起案件之后，国内又发生过多起类似的案件，法院均判决保险公司败诉。有些保险公司不服一审判决，提出上诉，法院二审驳回保险公司上诉，维持原判，裁决依据是《中华人民共和国民法典》第497条"有下列情形之一的，该格式条款无效：……（二）提供格式条款一方不合理地免除或者减轻其责任、加重对方责任、限制对方主要权利；……"

从这些新闻里，我发现了一个值得探讨的问题。根据法院对案件的判决结果及《中华人民共和国民法典》第497条，可以推论，非故意行为造成的家庭成员伤亡，保险公司责任保险产品中的"家庭成员、直系亲属不属于第三者，属于责任免除范围"的条款是无效条款；反之，故意造成的家庭成员伤亡，那就是犯罪，自然不在保险公司的赔偿范围，不需要该条款。

那么，保险公司责任保险产品中的这项条款，还有什么存在的意义呢？

据我所知，这项条款是普遍存在于责任险产品中的，保险公司设计这项条款，是基于对道德风险和不可控风险的考虑。如果没有这项条款的约束，保险公司难保不会为那些因为道德沦丧而实施的骗保行为买单。

在现实生活中，确实存在家庭成员之间因为道德沦丧而实施骗保的行为，特别是对年幼的未成年人、丧失自我保护能力的老人和残疾人。这类骗保行为伪装性很强，有时难以判断是故意行为，还是无意行为。保险公司设计"家庭成员、直系亲属不属于第三者，属于责任免除范围"这项条款，就是为了让保单受益人守住道德底线，警告他们，即使伤害亲人，也得不到保险赔偿。如果没有这项条款的约束，就难免有人会为了骗保而制造家庭惨剧，给社会造成一定的危害。

火灾保险，焰影下的真相

1666 年 9 月 2 日凌晨 1 时许，一位男子凄惨的求救声在英国伦敦布丁巷回荡，惊醒了巷内沉睡的居民们。求救的男子是英国国王查理二世的面包师法利诺，他一边跑，一边朝着邻居们大喊："失火了！大家快来救火啊！"

着火的地方是位于布丁巷的法利诺的面包房。据他事后回忆，前一晚上他忘记熄灭烤炉中的炭火，等到他发现时，火苗已经点燃了他的烤炉。他曾将火扑灭，可三个小时后，炭火再度燃起，凶猛的火势将他的面包房点燃。

火灾初期，布丁巷的街坊邻居们纷纷赶到街上灭火。然而不论采取什么手段，他们始终无力扑灭这场大火。9 月的伦敦正值秋季，天气干燥，而布丁巷位于旧城中心，建筑相当拥挤且都是用干草和木材建造，再加上附近是市场垃圾堆放地，大火很快席卷了整条巷子的房屋，居民们纷纷逃命。

9月2日是周日，睡梦中的伦敦市长布拉德沃斯被自家女仆唤醒。女仆神色紧张地向他汇报了布丁巷大火的消息，布拉德沃斯则对女仆大骂道："这种火势我撒泡尿就能浇灭。"接着，他继续蒙头大睡。

由于连续两年遭遇干旱，伦敦这一年经常发生火灾，大大小小的火情汇报更是数不胜数，国王和议员们也曾致函建议市长督促伦敦执行严格的灯火管制。可实行灯火管制需要大量人力、财力，布拉德沃斯前不久为了治理伦敦的流行性鼠疫，已经掏空了伦敦市财政，根本没有多余的资金再去治理火灾隐患。他认为让老百姓自己救火便是，所以对女仆的汇报毫不在意。

然而到了下午，布拉德沃斯察觉到事情不对劲起来：大火并没有如他预想中的那样被居民们顺利扑灭（当时的英国还没有职业的消防员，英国的消防队也是在这场大火之后才诞生），他反而在手下不断禀报的消息中得知，火势离自己家越来越近。他走出家门，发现外面刮起了一阵强劲的东风，伴随着东风，大火已经烧到了泰晤士河。

大火整整烧了四天四夜。整个伦敦城 80% 的建筑被大火吞没，有 13000 多座房屋被毁，20 多万人流离失所，丧生人数更是不可统计。

大火结束后的次月，英国国王查理二世带领众人开始了灾后重建工作。由英国王室出资，重建工程直到四十四年后的 1710 年才陆续完工。

随着新伦敦城的重建，一个全新的行业悄然诞生。

火灾过后，居民们产生了心理阴影，并且许久挥之不去，唯恐城中再度发生火灾。这时，一位名为巴蓬的牙医在参与重建时发现商机。他找来两位合伙人，在伦敦城成立了一家名为"火灾保险营业所"的机构。这一机构经营一种火灾互助保险项目，居住在伦敦的居民只要缴纳一部分费用就能以家庭为单位参加。如果火灾不幸将参与者家中房屋财产烧毁，灾后他将得到一笔可观的救助金用于灾后重建。

巴蓬的公司开创了平民的保险体系。后来一些英国商人也纷纷效仿，在英国各地成立火灾保险公司，开展火灾保险服务。民间保险公司在英国如雨后春笋般出现。

19世纪，随着英国进入海外殖民扩张时代，英国的保险公司开遍世界各地。当时英国保险行业所通用的保险制度，就是巴蓬所制定的制度，并且沿用至今。

巴蓬因此被后世称为"现代保险之父"，他发明的现代火灾保险自然成为现代保险行业里最古老的险种之一。

企业都是效益至上。有些没见证过火灾恐怖威力的企业，不愿意在预防火灾方面投入资金，缺乏防火安全意识。

一些企业配备的消防设备纯粹是为了应付消防检查。一旦发生火灾，想要用它们灭火根本不可能，无助的员工们只能眼睁睁地看着小火变成大火。等消防队员赶来施救，早就错过了最佳灭火时机，厂房、设备已经烧成了残骸。

这种企业火灾案例实在太多了。保险公司不可能对每一家企业的防火措施和防火设备进行督促整改。

我做了两年理赔之后才被安排接触火灾案件，因为火灾案件属于相对比较复杂的保险案件。

它不像人伤案件，理赔中只需考虑如何补偿伤者的损伤；也不像货运保险案件，只用考虑如何厘定货物损失。

火灾事故理赔包含各种各样的理赔项目。一场火灾事故里，往往既有机器受损，还有建筑物坍塌、库存产品损失以及人伤等。这就需要一个理赔员具备多项专业知识。

有一次，我接到一家纺织厂报案，厂里的十几台纺织机着火受损，客户的报损金额在 40 万元左右。

这家纺织厂是我们理赔部的"老熟人"，他们家的纺织机几乎每隔一两年就会发生一起火灾。

企业买的是三年期保单，保期内所有意外损失只要累积没有超过保险金额，都要由我们承担损失。

这家纺织厂主要做棉麻类纺织产品，在当地是一家老牌企业，始建于 20 世纪 90 年代，已经开办三十多年了。正因如此，他们家的纺织机也是 20 世纪出厂的老型号机器设备。这种机器设备在纺织时，马达高速转动形成的引力会将周围空气中飘散的棉絮卷入马达内部，一旦内部零件老化磨损，就会产生高温甚至火花，最终导致火灾。

　　虽然有的机器设备没有到报废年限，但机器设备老旧，使用容易产生风险，最好更换新的机器设备。可工厂由于资金不足等原因，一直没有更新。

　　他们的员工已经习惯了应对这类火灾，知道火情不会大面积蔓延，基本上都可以自行扑灭。一旦发现火势无法控制，他们就立刻撤离现场，至今未发生人员伤亡事故。

　　这样的保险业务，不管是对保险公司，还是对保险理赔员来说都属于"烂业务"，只赔不赚。因此，这种保险业务都是和一些优质的保险业务捆绑在一起的——这家老板经营的多家酒店也在我们公司投保。

　　老型号的纺织机不贵，一台整机市价3万元左右。火灾后维修兼调试成本，一台机器设备1.3万元左右。十几台机器设备一并维修的话，维修公司还可以给个折扣。我接到的这起案件，整体机器设备损失15万元左右，另外25万元是库存货物损失和建筑物维修。比如被烧毁的消防喷淋头、被烟熏的墙壁等，都需要我们理赔。

　　纺织厂老板在报案时强调，被火灾烧毁和被灭火器淋湿的存货也要算在损失里面。

40万元的报损里面肯定有水分。案件的报案人是企业老板，他们报案有个特点，习惯高报损失金额。这实际上就是在考验理赔员的技术水平。如果理赔员查勘不出实际损失金额，企业就能得到更多的赔偿。

那天，我和同事大刘在纺织厂现场查勘。纺织厂老板徐总向我们指认烧毁的机器设备，说这些设备起火前每天都能产出200多匹布。之后，她又领我们到了一处堆积在角落、上方烧成灰烬的棉布堆前。

"喏，这就是一部分库存产品，"徐总翻开上面的灰烬给我们看，"最上面的棉布被火烧毁，下面的部分都被水浇湿了。本来拿出去卖，一匹布能卖九十块。现在呢？白给客户都不要。不光是这些，火灾时，我们机器上正在加工的那些布匹，我都还没跟你们算呢……光是这一堆，我估计就损失了十几万块。现场我都还没有动，就等你们过来，这耽误的几天损失，我还没算在里面。"

听她在暗示自己损失更高，我直接说："不对吧，只有仓库里的成品才是我们的保险标的物。这些在机器设备上的产品应该叫半成品，不在我们保单的约定范围内。不仅这些，你们车间里的半成品也不在承保范围内。"

徐总估计也没想到我知道这一点，一时间有点儿意外。她不得不同意我的说法，直接就把原本报损的估价 6 万元的半成品核减了。

为了查验报损的真实情况，我和大刘在徐总的办公室对着她提供的账目表进行核对。前前后后计算了一个多小时，半成品确实是 6 万元，再扣除残值及免赔额之后，算出最终赔付金额为 24.06 万元。她至少虚报了 10 万元。我和大刘跟她几番协商之后，最后达成一致意见，以我们计算的最终理赔金额结案。

不是所有的火灾案件都像这起纺织厂案件一样，靠我们自己的技术能力就能顺利解决。涉及大型机器设备维修方面的问题，就是我们的弱项。面对客户报出的高昂维修费用或者重新购置机器设备费用，我们就无能为力了，没有专业技术知识，看不出设备损坏的程度，难以估量损失金额。和被保险人协商时，抓不住问题所在，理赔工作就无法顺利推进。

判定大型机器设备损坏程度和维修所需费用方面的门道太深，涉及的问题太多，比如：一台设备是不是损坏了？与购入时相比损坏到什么程度？哪些方面需要进行维修？怎样去维修？同类型设备维修，当地的市场价格是多少？维修公司是选A公司还是B公司，前者维修得精细，但开出的费用可能是15万元，而后者只收取5万元，是否能维修得符合要求？这些都是只有长期涉猎这方面的专业技术人士才能知晓和精准把控的。

一旦有大型、贵重机器设备损坏的案件，我们通常会请公估公司的公估师协助处理。可很多公估师也不是很专业，这时候我们就需要请真正专业的技术服务公司的工程师援助了。

一家电镀设备厂发生火灾案件，企业老板报案，厂房被大火烧塌，两条电镀生产线过火烧毁，被压在倒塌的厂房下。

电镀设备厂报损500万元，其中包括厂房、两条电镀生产线设备、库存原材料和被大火烧伤的两名工人。

当我们接到报案时，已经是火灾发生后的第三天。据企业法人代表戴老板所说，火灾时正值大风天气，火势蔓延得非常快，瞬间整个工厂都被大火吞没了。因为他们是做汽车底盘电镀的，工厂里储存了许多用于电镀的化学药剂，有的化学药剂产生爆炸，散发毒气，助长了火势。消防人员赶来时，一时无法靠近，给灭火带来了难度。等消防人员奋力抢救、扑灭大火时，整个厂房已经被烧成了废墟。厂里的两条总价值 280 万元的电镀生产线设备全部被烧毁，埋在废墟里了。

火灾损坏的机器设备价值过高，我们找来专门提供技术服务的第三方公司的李工程师（我们称他李工），一同前往现场查勘。

当时我开着车，李工和大刘坐在后面。当我们进入工业园区时，一股强烈的刺鼻气味扑面而来，我们闻得鼻子发酸、嘴里发苦、眼泪直流、咳嗽不止。我们三个人赶紧找出口罩戴上，但是效果甚微，刺鼻的味道距离目的地越近越强烈。最后这气味简直就像是马蜂钻进鼻孔，跑到脑袋里乱窜，别提有多难受了。

我们在厂房门口见到了戴着防毒面罩的戴老板。看到我们的狼狈模样，他连忙道歉，说忘了提醒我们，这边气味太大。正好他的车上还有防毒面罩，便给我们每个人拿了一个，我们这才喘过气来。戴老板故作轻松地说："这是电镀的味道，虽然刺鼻，味道大了些，但对人体没有危害。我找人测过，我们厂是符合国家安全标准的。你们可能没习惯，习惯了就好，我们员工平时戴口罩就能上班。"

我们无语，恐怕连小朋友都知道，这种刺鼻的味道肯定会对身体有伤害。

电镀厂的厂房四面是砖墙，屋顶是彩钢板材质。现在整个厂房已经被大火烧得坍塌了，屋顶塌下来，连同烧塌的砖墙把电镀生产线设备掩埋进废墟里。废墟附近被消防人员拉上了隔离条，禁止靠近。

戴老板指着隔离条，说："有个部门来了一个支队长，他说我这起火灾严重，损失金额过大。按起火部位判断，应该是厂里的净化系统管道没有做好防火措施，阻火逆止阀的自动关闭功能失效，里面的有机气体遇到了电火花，引起大火。这要按照后续评定出的事故原因和损失程度给予一定的罚款。调查取证期间需要封锁现场，短则一周，长则一个月。听说要按照损失额的五倍进行罚款。说等我交了 2000 万元的罚款之后，他们才能够解禁。其实我托人问了，如果找找门路，听说可以把 400 万元的火灾损失金额改成 4 万元。到时候，地方向上级部门报告时，就说企业发生的火灾只有 4 万元损失，上级领导部门还会夸地方工作做得好，我也能少点儿罚款，快一点儿解禁……唉。"

我们的理赔也要等戴老板所说的事故认定书出具后才能处理，但事故认定书上所写的损失金额和我们无关，因为每份事故认定书上都有一行字标注：本文件认定损失金额不作为保险理赔参考数据。

我们进不去火灾现场，只能围着厂房废墟转一圈。废墟里一片狼藉，从倒塌的石堆里依稀看见露出一角的电镀生产线设备残骸，我们拍了几张查勘照片。拍完照片后，因为没有办公地点，我们就在现场和戴老板进行了简单沟通，并告知等解禁后第一时间告诉我们，并及时提供事故认定书等事项。

戴老板说："你们看到了吧？我的厂房被烧得有多惨，全部设备都烧毁压到下面去了，扒都扒不出来了。"

他的需求很简单："一条电镀生产线价值 140 万元，两条就是 280 万元，设备是我前年刚买的新设备，现在过火之后又被厂房掩埋，估计挖出来也报废了，只能当废铁卖了。这两条电镀生产线的损失，你们得给我全部理赔了，剩下的厂房、原材料损失，我们再商量。"

李工听罢，问了戴老板两个问题。

第一个问题："你们这个地址就这么一个厂房吗？"

戴老板答道："是的。"

第二个问题："你们的厂房是单层的吗？"

戴老板眨眨眼，看了看李工，有点儿疑惑的样子，答道："是。"

问完后，李工笑了笑，说："你们做生意，应该以诚信为本。你的保单上有两条电镀生产线，报损也是两条电镀生产线，但现在你们的这个废墟里其实只有一条。"

戴老板眉头一皱，反问："你凭什么说只有一条？是不是你们保险公司想要赖，觉得我的两条电镀生产线都埋在废墟下面了，我不好证明，天晓得多久才能挖出来。"

李工连连摆手，说："不对不对，你这个厂房的长宽设计，不可能放下两条生产线。"

戴老板笃定道："我买保险的时候是拍了照片给你们的，你们找保险业务员，照片上我可以保证是两条电镀生产线。"

正如他所言，我们的保单系统留存的投保资料里，有一张在厂房里并排放着两条电镀生产线的照片。这张照片是核保部确认过的，并且资料里有一张写明两条电镀生产线的发票。

我翻出手机里从系统上下载的保险资料，递给李工查看。李工仔细地看了一下照片，眉头紧皱，悄声对我说："这照片里怎么确实有两条电镀生产线？"我和大刘把手机拿过来，也仔细研究了一下，只见照片上有两条崭新的生产线并列而放，背景是一面砖墙。

大刘发现了疑点，说："不对，这张照片不是在车间里拍的。你们看，这面墙是他们工厂的围墙。"

这时候李工恍然大悟，表情严肃地对戴老板说："你们是购买了两台机器，但你们肯定还有别的厂房，你没说实话，因为这个厂房的宽度无论如何也放不下两条电镀生产线。"

戴老板还想狡辩，大刘看他的架势，反感地说道："这样吧，等你们现场解封后，我们再过来，届时现场确认到底有几条生产线。"

　　听大刘这样一说，戴老板感到再也无法掩饰，道出了实情："你们听我说，我在这个园区确实还有一个厂房，另外一条电镀生产线也确实是放在我那个厂房里的。那张照片也确实不是在厂房里拍的，当时我们在你们保险公司投保，你们要照片要得急，生产线刚买到厂里，放在厂房外，还没来得及安装，我们就随手拍了张照片发给你们，那时候真没想到要骗你们。这不是我遭难了吗？损失太大，就想了个歪点子，想让你们多赔点儿，心想反正机器设备都压在厂房下面了，你们也看不到。哪承想，你们这么专业。都是我不好，你们千万别生气啊。"他说完，冲着我们直作揖。

　　他的这番说辞让我们很难不气愤。

　　大刘厉声呵斥道："你这样做是犯法的，你知道不知道？没出险的设备也算在损失里，你这是一种骗保行为。我们可以上法院告你。"

　　戴老板一脸苦相地说："你们千万别生气啊，我真是太难了，遭受的损失太大，连想死的心都有了，这才一时鬼迷心窍，想着靠你们多赔点儿来渡过难关。你们可以打听打听，我平时的为人怎么样，我真不是骗子。再说，你们还没赔我呢，就被你们发现了，我没拿到你们的赔款，也不算骗保吧。请你们高抬贵手。"

之后，在我们的要求下，戴老板领我们去了园区不远处另一栋没有失火的厂房，我们才见到了那条完好无损的电镀生产线。

回去的路上，李工问我们："像这样不诚信的企业老板，你们保险公司拿他怎么办？"

大刘说："我们今后有可能不再和他们续保了。"

报损 140 万元的一条电镀生产线，扣除折旧后，核损金额 98 万元。倒塌的厂房，经过计算，最终核损金额 78 万元。再加上库存的货物核损金额 48 万元，三项核损金额为 224 万元，扣除残值及免赔额后，理算赔付金额 180 万。

两名员工的保险在另一份雇主责任保险保单上。

我们事后前往医院探望。起火时，两名员工打算灭火，可是火势蔓延得太快，烧伤了他们，最终他们的治疗加康复费用总共花了 16 万元。对照保单，核减免赔额后，理算赔付金额 14 万元。

本案报损金额 500 万元，最终理算金额 194 万元，赔付金额比客户报损金额少了一半还多。

这些主要是李工的功劳。

李工作为技术服务公司的权威，我们理赔部一旦有重大的、复杂的机器设备损失案件，就会请他协助查勘。不光是我们，还有很多家保险公司也请他做技术定损。按照正式的称谓，李工所在的技术服务公司是我们保险公司的战略合作伙伴。

李工在技术服务业内小有名气，据他说，除了光刻机，在国内还没有他不会修复的设备。他这话可能有点儿吹牛，但我确实没见过有他不懂的机器设备。他在查勘现场只要看了机器设备的大致外观，甚至可能只是框架的残骸，便能讲出机器设备的具体品名、规格型号以及当前的市场价格，大脑像个百科搜索引擎似的。

他负责对机器设备毁损的技术鉴定，工作内容比我们单纯，比如机器设备原本价值多少钱，如今折损多少钱，受损后修复又需要多少钱等。看完之后，他把结果告诉我们和被保险人，就算任务完成。

他不爱和被保险人费口舌，遇到纠缠他的被保险人，经常抛下一句"剩下的就让保险公司给你们讲吧"，便走出被保险人企业，让我们理赔员去详细解释保单的免赔额、相关条款、机器设备维修费用、报废后的残值计算等琐碎的项目。

所以有时候，在处理技术含量低，但受损项目多，需要多次和客户商讨方案的大型案件时，我们更多是选择和公估公司合作，这样的案件更需要耐心。

2021年大年初二，那天我值班，下午2点多，我接到了牛年的第一起火灾报案。

起火地点是一家音响设备厂。火灾发生时间是大年初二。那天早上6点左右，厂区保安老林在早班巡逻时闻到一股焦煳气味。循着味道走过去，发现工厂的1号、2号厂房失火，老林立刻报了119。十分钟后，消防车赶到现场灭火。然而火势太大，难以控制，他们又调拨了人手，最终六个消防中队、二十三台消防车同时灭火，直到下午1点左右，才将大火扑灭。

报案人是公司的财务主管林经理。当我听到他在电话中向我报出约有600万元损失时，我意识到这是一起重大案件，立即向老黄汇报了案情。老黄当即决定，第二天一早，我、大刘与他一起去现场查勘，同时让我们尽快联系可靠的公估师，陪同我们前往。

因为时值春节，许多公估师回老家过年。最后我和大刘联系到了两位还在岗的公估师。大年初三早上8点，我们一行五人到达了事故现场。

在现场，我们见到了林经理和生产车间主任王主任。工厂的老板还在外地过年，没办法第一时间赶回来，所以就由他俩带领我们做查勘工作。

此时失火的厂区消防隔离带还没解封，一些消防员还在厂区调查起火原因，建筑物里还不确定是否安全，因为这样大型的火灾，后续极有可能出现建筑物继续倒塌和一些不可预料的危险。林经理只能带我们在过火厂房外围查勘，两栋厂房外墙被烟熏黑，只剩下建筑外框，窗户的玻璃几乎全在大火中烧碎。透过骏黑的窗框，我们依稀可见里面过火后的设备和难以分辨原貌的货物，时不时看到穿着红色消防制服的消防员穿行其间，检查废墟中是否还有未扑灭的火源。

我们从林经理口中得知，消防初步调查发现多处人为纵火的痕迹，并根据监控初步锁定了犯罪嫌疑人小胡。此人是音响设备厂的员工，家住在厂附近的村庄，元旦期间才被招聘进来，平日言行有些偏执，经常因为一点儿小事就和领班吵架，扰乱其他同事工作，林经理本来打算年后就解雇此人。他推测，可能是因为小胡听说自己将被解雇，为行报复，才放了这把大火。公安部门目前已经将犯罪嫌疑人小胡逮捕，正在进行审讯。

老黄对林经理和王主任说："我们查勘需要调看你们的录像，你们方不方便给我们提供一下？"

林经理忙说："方便，方便，我们有监控录像。王主任，你去把监控录像的U盘拿来。"

王主任说："U盘被办案民警拿走了。"

林经理说："那这样吧，我带你们去保安室，直接看当时的监控录像。"

于是，林经理和王主任带我们去保安室查看了监控录像。

我们来到保安室，先查看了火灾发生时的监控录像，并作为取证录了下来。

这时，林经理对我们说："小胡纵火的过程也被监控录下来了，你们要不要看看？"

老黄说："当然要了。过后我们保险公司还要向他追偿呢。"

我们在监控录像里看到了犯罪嫌疑人小胡潜入厂区纵火的全过程。因为过年，当时工厂大门紧锁，厂区内除了值班的保安，无人上班。小胡在凌晨5点36分，翻越厂区门口小花园的金属围栏，进入工厂内。保安室距离小花园有20米的距离，当时保安老林正在保安室里洗漱，所以没有察觉到什么异常。

小胡先是来到打包成品的1号厂房，用一把手持式厨房点火枪点燃了存放在打包流水线附近的泡沫塑料堆。见泡沫塑料堆起火后，他立刻又前往制作半成品的2号厂房，在这里，他又用那把厨房点火枪将存放制品的纸箱点燃。

两次纵火之后，他并没有直接逃离现场，而是躲在厂区里。直到早上6点15分，保安老林报警，消防人员赶来后，他才趁乱从正门逃出厂区。

看完录像，我们又去了厂财务办公室，向林经理要来了音响设备厂的设备明细账，将设备明细账与我们保单上的标的物一一核对，初步核算投保标的物的受损金额。

下午4点多，消防队通知现场解封了，我们一行五人在林经理和王主任带领下进入现场查勘。此时距离火灾还没超过48个小时，为了防止意外发生，我们一人拿了一顶安全头盔戴在头上。

我们先去了1号厂房。厂房过火十分严重，一进门就能闻到浓烈的塑料燃烧气味和一些从来没有闻到过的刺鼻气味。混凝土的地面和房梁都被大火烧焦，鞋子走在上面嘎吱嘎吱作响。不少水泥房梁外墙被烧毁，露出里面的钢筋和砖块，宛如融化的巧克力威化饼干一般，感觉随时都有倒塌风险。

走在这种环境里，我心里有点儿慌，毕竟危险还没有彻底消除，但没办法，来都来了，总不能临阵逃脱吧。我们和公估师开始分工查勘。我们把过火的1号厂房分成五个片区，每人负责一片区域，对损失的机器设备查勘清点。每人拿着一个本子，看到一台受损机器设备便写下设备名称和大致受损情况，摆在受损设备旁边拍下照片留作记录，遇到分辨不出来的设备就直接请教林经理和王主任。

灾后清点工作进行得很慢。我负责成品区一部分查勘，在这里，严重过火的桥型起重机吊在天花板上，烧得只剩金属框架，分辨不出原本的型号，我确定不了是否同保单上投保的是同一台机器设备。王主任一时也说不清楚，只能答应之后找购买清单核实。

打包机流水线设备被烧塌成好几截，就像断桥一样横在一堆黑色的、分不出原本模样的灰烬里，彻底报废了。

测试器材用的金属静音房底部完全熔化，上方塌陷成两边高矮的梯形。停在静音房门口的一辆叉车底部蓄电池似乎在火灾中发生了爆炸，车身被掀飞，其中一根叉杆不知道飞到哪里去了。

静音房后面是相对而言受损不严重的实验室。在一台张力测试机旁，有一台放在木箱里打包完成的家用音响，从外观来看，木箱和音响都没有过火痕迹。然而我打开箱子之后，发现音响下半部分浸泡在污浊的水里，已经无法使用了。

车间经过消防水枪扑救后，许多地方的积水还没消散，消防水将厂房楼板洇湿，我们查勘时就看到很多楼板渗水的情况，这些楼板都要重新修理。

2 号厂房的情况比 1 号厂房稍微好一些：首先，这里没有太多泡沫塑料堆积，制作音响设备的金属原材料不容易燃烧，大部分材料完好无损，只有一些设备受损；其次，这里二楼是公司文员的办公室，没有太多机器设备和存货。办公室的墙面用瓷砖贴敷，起到一定程度的防火作用。办公室只有两台电脑和一台打印机因烟熏和消防水浇淋而无法使用了。但办公室外的空调外机就没有这么好的情况，两台火烤严重，五台完全烧毁，还有六台被大火焚烧变形，摔落在地面上。

最终，我们统计出这场大火中受损的大大小小生产线、电脑、叉车等财产设备一共186台，初步计算的损失在200万元左右。受损的厂房、天花板加四面墙体，被火灾熏黑、烤裂的面积大概有7万平方米。

等我们七个人清点完所有设备，太阳已经落山了。林经理提议晚餐在食堂招待我们，我们没答应，一心想着赶快回家过年，工作一结束，便不顾疲惫，匆忙离开了厂区。

春节后，我们部门开始整理案件的资料，经过仔细计算，扣除固定资产每年的折损率、报废机器设备残值等项目后，机器设备定损190万元左右。又找到建筑维修公司对受损厂房进行拆除、修建、加固、装修，通过报价，最终选定了220万元的工程方案。之后的一个月，我们和林经理几番协商，这起案件的理赔金额最后确定为400万元整。

　　赔偿音响设备厂后，我们立即启动了代位求偿。[1]这场大火因纵火犯小胡而起，损失自然也要由他承担，得从他身上追回部分赔偿金。

　　然而令我们没想到的是，我们等来的不是法庭的宣判，而是一张精神鉴定意见书。

　　司法部门聘请有关人员，对小胡进行精神检查，发现他患有严重的精神分裂症，并且在他进厂工作之前，就已有病史并接受过相关治疗，只是用人单位对此毫不知情。纵火期间，他属于精神病发作期，并没有辨别能力，因此不承担刑事责任。

　　看到白纸黑字的意见书，我、大刘和老黄都猝不及防。精神疾病免于法律责任的事，我们过去只在小说、电影里见过，哪承想竟让我们真的碰到。

　　要是在影视剧结尾，真相即将揭晓、犯罪嫌疑人即将定罪前夕，剧情突然告诉观众犯罪嫌疑人是精神分裂症，无罪释放，我只能说这是二流编剧想不出好点子，给故事收尾选了个最俗套的剧情，可

1　代位求偿：指由于第三方的过失发生意外，造成被保险人经济损失，保险公司对被保险人的经济损失先行理赔后，再代被保险人的位置，对造成意外的第三方进行索偿。索偿获得的赔偿金归保险公司所有，如果金额超过之前保险公司给被保险人的理赔款，保险公司需要将超过部分再交给被保险人。

谁能想到现实有时就是这样的"二流编剧"呢?

细细想来，结合之前林经理说"小胡有点儿偏执""他经常和同事起争执"，好像又确实有迹象。

因为小胡患有严重的精神分裂症，没有刑事责任，我们的保险赔款自然不能再追到小胡身上。最终，我们保险公司承担了全部赔偿款 400 万元。

结案后，林经理和他老板诚心诚意邀请我们吃饭，我们再三推辞。林经理一再对我们表示感谢，说到小胡患有精神分裂症的事情，他们也没想到会是这样的情况。不过也正因如此，他们更加庆幸给工厂买了保险，不然这场损失可就要由他们自己承担了。

暴雨下的郑州

2021 年 7 月 17 日，随着台风"烟花"北上，持续酷暑的河南省郑州市迎来了暴雨。泼天的暴雨把郑州从头到尾浇了个透，整个城市被冲刷得分不清白天黑夜。

7 月 20 日，郑州市的大暴雨变成了特大暴雨……

那天晚上，正好是我们保险公司开完年中经营大会聚餐的日子。

我们非车理赔部和核保部的同事坐在同一桌，大家一边吃饭，一边聊起了郑州暴雨。

"这下河南的保险公司要出血本了，好像我们保险公司在那边也有几家承保单位。"欧阳说。

"我看新闻里这么多车辆泡在暴雨里，二手车市场这下要繁荣咯！"齐哥接着说。

我不解地看向齐哥，不大明白"暴雨"和"二手车市场"之间有什么联系。

核保部的同事给我解释："你知道车险有个涉水险吗？如果你的车被水淹了受损，就可以启动这个附加险的理赔。不过被淹时千万别启动车啊，不然发动机进水报废，涉水险就不理赔了。这些发动机进水的报废车辆之后会流入二手车市场，只要稍加改装，就能卖出去。这样的车，上路会有风险，但一般人看不出来问题。这种便宜车太有市场了，有人想便宜买好车就买这样的车。虽然买卖这种车违法，但是利润太大了，一直有人做这种生意。要是想买二手车，一定要注意，千万别买到这种车了。"

同事向我吐露一连串二手车行业黑幕，我一时间难以消化。

坐在旁边的胡工说："北方城市就怕暴雨，内涝不好泄洪。2012 年北京暴雨，我参加过理赔，当时我还在别家保险公司当理赔员，北京人手不够，我被借调过去。哎哟，那次的案件量多得我一个月都没休息。说来莫非是天意，2012 年的暴雨是 7 月 21 日，今年的暴雨是 7 月 20 日……"

大家就着郑州暴雨的话题，东一句、西一句地闲谈。

谁也没想到，这场暴雨的持续时间超过了先前的预期，整座城市淹入大水中。

第二天上班，我们就看到了郑州暴雨造成事故的新闻，我们保险公司迅速将郑州暴雨作为巨灾事故备案。所谓巨灾事故，是某个重大自然灾害造成的一系列保险事故报案，由于这些事故都是这一自然灾害所致，所以被称为某某巨灾事故案件。

得知郑州暴雨升级为巨灾事故时，我感觉自己就像没有复习就参加考试的考生，不知道自己将面临什么样的难题，心里特别没底。2021 年 7 月那会儿，我刚接触企业财产保险没多久，担心自己能否胜任巨灾事故的理赔工作，放松心态似乎是最好的选择，但我怎么也放松不了。

另一方面，一种油然而生的责任感冲淡了我的担忧。此前我从未设想过自己能参与什么大事件，在这场全国性的救灾事件里，我不再是历史的见证者，而成为一名参与者。

很快，郑州暴雨的第一起报案来了，这场"考试"开始了，接着是第二起报案、第三起报案……仅仅两天时间，我们接到报案二十一起。因为新冠疫情，我们只能远程处理案件。

对于巨灾事故而言，二十一起案件是极少的报案量。大家松了一口气，部门的工作节奏毫无变化，氛围也没有预想中的那么紧张。

我们开了会，会上对案件做了分工，由老黄、胡工、大刘、齐哥和我负责理这次郑州的巨灾事故相关案件，欧阳不参与，继续处理其他出险报案。

大部分案件由经验丰富的胡工、大刘和齐哥远程处理。损失金额过大的案件由老黄直接负责处理。我经验最少，分到两起相对简单的报案：一起是一家造纸厂，一起是一家石料厂。

这段时间，我们部门的工作重点就在郑州暴雨巨灾事故上。

分配完案件，老黄交代了一下巨灾事故的处理要点：索赔资料齐全的情况下，从快从简定损理赔。

巨灾事故面前，各家企业现在最急需资金，以便恢复生产。基于这一点，我们理赔的思路，以尽快帮助企业恢复生产为主。案件理赔时间拖得越长，被保险人的损失也就越大。及时理赔成为我们工作的当务之急。

处理造纸厂案件时，我谨记老黄说的处理要

点，跟造纸厂老板联系时，我就告诉他：我们保险公司启动了巨灾理赔绿色通道，知道企业现在停产，最缺资金，所以我们会尽快理赔，帮助企业恢复生产。

老板听我说完，直接在电话里对我连连感谢。我知道自己说的是一种理赔话术，老于世故的造纸厂老板想必也能察觉到这是安慰话，但他还是选择把希望寄托在我身上。这种信任让我有点儿不好意思，有了一种从来没有过的"自己如此重要"的感觉，我觉得自己有责任把这起案件的理赔做好。

造纸厂所在的地理位置比较高，机器设备只是轻微淋雨，基本没有损失，主要是放在仓库里的纸张产品被水浸泡，造成损失，这些纸张都是保险标的物。

老板给我发来损失的照片，当时是 7 月 26 日，照片里仓库的积水已经消退，地上残留一些泥沙，有待清理。

他们家主要生产白卡纸，成卷白卡纸立起来差不多有一人高，一卷一卷地堆在仓库两侧。这种纸卷外面包着一层防水牛皮纸，牛皮纸外又有一圈塑料包装。

　　他们事先没预料到降雨量会那么大。雨水漫上来，一些横放的纸卷全部浸到水里，整卷纸被泡成了深黄色，上面还带着点点霉斑，一些在上层的纸卷和竖放的纸卷只有泡水的部分有一圈淡黄色污渍。

　　据老板称，幸好受灾前大部分纸卷已经售出，这里存放的纸卷不多。我通过与老板视频，以查勘纸卷受灾的情况。老板很细心，在现场把受灾的产品一一指给我看，并向我讲解产品受灾的情况，我指导他从什么角度拍下照片，给我们发过来。

　　完全损毁的纸卷有 6 卷，部分泡坏的纸卷是 11 卷，我给老板提供的理赔方案是：全部浸泡的纸卷由我们全部买单；部分浸泡的纸卷，请员工把受损部分切除，我们根据切除部分的价值理赔；剩下的纸张还可以继续加工使用，不影响后续的出售。

　　接着，我在网上搜索了当时白卡纸的市场行情。当时相同规格白卡纸的市场价是一吨 1.3 万元，老板给我的报损价格是一吨 1.2 万元，比较公道，没什么问题。

　　我把方案发给老板，老板问我："你们要不要派个兄弟来监督我切纸，你们不怕我多切吗？"

我说："不用这么麻烦，你信任我的理赔方案，我也信任你不会多切，我们互相信任。"

通过视频接触，我感到这位老板比较诚实，因为他的配合，远程查勘也比较顺利。此时我也必须信任他，因为我们不可能去现场监督他切纸。

郑州还在封控，外地人无法进入灾区，更别说我们两地相距甚远了。这场巨灾事故的相关案件，我们只能线上处理，需要现场查勘的，便请当地公估师代为查勘。

但请公估师去监督被保险人切纸，实在用不上，费用也不好计算，并且案件本身损失也不高，我们请了公估师，还要额外支付一笔不菲的公估费。

之后老板没回我消息。

过了三个多小时，到了下午时分，我正在忙别的案件，忽然收到他发来的二十多条视频消息。打开一看，视频里他重新一一清点受损的纸卷，介绍受损情况，又把工人切纸的厚度和过程拍摄下来，边拍边讲解。

发完视频，最后他又给我发了条语音消息："抱歉啊，兄弟，耽误了点儿时间，我们那边基站还没修好，视频死活发不出去。我专门开车找到有网络的地方，这才给你发去了。"

我顿时有些感动，投机取巧的老板我见得太多，遇上做事这么认真负责的老板还是头一回，并且他不知道开车跑了多远，只是为了让我相信他的报损金额无误，让我知道他可靠。

我没耽搁时间，很快把这起案件的损失计算出来，175340 元。理赔方案发到核赔部审核通过后，我把理算书、赔款同意书发给老板。他把文件盖了章扫描给我，答应立刻把原件寄给我。

我尽快走流程，财务也很给力，两周不到就完成了赔款，结案了。

我一直没删这位老板的微信，他喜欢在朋友圈晒自己给客户的发货记录，每周都发。到了 2022 年上半年，他就慢慢变成了每个月发一回，还会发一些请客户尽快付款的消息，我能感觉到这时候他出现了经营困难。

到了 2022 年年底，他的工厂关门了。那年上半年那会儿，他的工厂逐渐没了生意；到了下半年，当地整顿污染企业，造纸业是重点整顿对象。

这位老板是我从事保险工作中碰到的最诚实的一位老板，给我留下了深刻印象。看到他的工厂关停，我感到很可惜。凭着他的诚实和勤劳，他应该能把企业做好，但也许是他选错了行业，也许是他时运不佳吧。

老板的朋友圈一直停留在 2023 年元旦，他朋友圈里写着"来日方长"，并配了一条视频，视频里他背对着镜头，拉下了造纸厂最后一盏灯的开关。

处理完造纸厂案件，紧接着我又处理了一起石料厂案件。不同于造纸厂理赔的顺利，这次充满波折。

石料厂老板在电话里说，这次郑州暴雨，他的损失很大，石料厂的位置低洼，水灾把他的厂区都淹没了，短时间内恢复生产几乎不可能。

我刚和石料厂的老板联系时，他问我什么时候能到现场查勘，我把去不了的具体原因跟他作了说明。

再则，这起案件，石料厂老板报损 75 万元，属于中型案件。对于小型案件，我们可以直接线上处理，但 20 万元以上的案件，一般会安排公估师前往现场查勘，并对受损保险标的物进行定损。

当我告诉石料厂老板，我们会派公估师代表我们前往现场查勘时，他同意了。

我联系了河南省当地一家和我们公司接触比较多的公估公司，对方答应三天内会派公估师到现场查勘。

其实我想让他们更快点儿过去，但是没办法，在巨灾事故期间，公估公司的人手总是不够，每家保险公司的公估委托都很急，只能等公估师一件一件处理。

三天后，公估师到了石料厂。我还没得到公估师的联系，却先接到了石料厂老板连珠炮般的质问。

"你们保险公司派的什么人？为什么这么晚才来？"这是他发来的第一条语音消息。

"你知道吗？就是因为他来得这么晚，我们工厂才蒙受了第二次损失，这些都要你们负责！"这是第二条语音消息。

"为了等你们的人来，我不敢让手下抢救厂房。现在好了，机器设备全淹到水里，厂房也被冲塌了，你们该怎么赔？"这是第三条语音消息。

我听完三条咄咄逼人的消息，赶紧安慰这位怒气冲冲的老板。经过一番询问后，我才得知暴雨后，石料厂厂房的水有3米多深。根据他的说法，如果当时他用抽水泵把水及时排出去，还是能够抢回一些机器设备的，但公估师说，查勘前不能破坏第一现场，所以他就让事故现场保持原样。

公估师让被保险人保存现场是通常做法，这是为了便于保险理赔员或公估师到现场能够查勘到真实情况。只是这个公估师太不懂变通，面对巨灾事故，应该在第一时间施救机器设备。不及时施救，很容易导致机器设备损失扩大。

另外，公估师错误预估了水深。等他到达石料厂看到足足3米深的水之后，他告诉老板水太深了，没办法进行查勘，要等雨水被抽干后，才能进厂查勘。

石料厂老板一听就恼火了，明明是公估师自己不让他们清理事故现场，现在又说雨水深，不能进行查勘。这让他们白白等了那么长时间，耽误了抢救机器设备。

公估师连忙向石料厂老板道歉，他答应老板，雨水抽走之后，他肯定第一时间来查勘。老板只能接受这一方案。

谁知公估师上午刚离开，下午石料厂就接到当地村委会的紧急通知，说厂子所处地区被征用为临时泄洪区，所有人员必须立刻撤离。石料厂老板连忙带着员工们撤离当地。

几个小时后泄洪大水袭来，村庄被再次淹没。这次的洪水直接冲垮了厂房一面墙，三层高的工厂在洪水中只能隐约露出梯形的房顶。洪水在厂区形成了一个小湖，谁也不知道水下现在到底怎么样了。

泄洪之后，这场事故的估损从 75 万元升到了155 万元。

面对积成这样的洪水，石料厂老板用一台抽水机不知道要抽到猴年马月；再租一台也不太现实，抽水机在当地已经成了实打实的硬通货，一台难求。

花了半个月，等到 8 月下旬，石料厂老板终于把水抽干了。

很快，公估师信守承诺来到石料厂进行查勘。从他给我发来的照片里，我看到灾后的工厂满目疮痍：被洪水冲垮的砖墙，零落满地的扭曲的钢材，倒塌的变电站里到处被撕裂的电缆，厂房地面上堆满的淤泥，被砸歪了的金属楼梯，孤零零挂在门闩上的金属门……这些无不昭告着洪水的猛烈和残酷。

公估师核算了一下，现场清理、厂房重建和变电站的维修，所有费用加起来，需要 65 万元左右。

机器设备的损失额需要单独核算，我事先估计也不会少于 65 万元。然而令我没想到的是，在这场大水之后，泡水近一个月的三条流水线设备，在维修人员的调试下竟然还可以运转，机器马达更换一部分零部件后便能正常启动。另外三个控制台只是电路板泡水损毁，经过更换电路板，喷砂除锈维修后，仍能正常工作。在洪水中完全被损坏的只有几台空调。

最后，机器设备的损失额核算下来只有 15 万元左右，比我想象中要少得多！

我请教公估师关于机器设备受损不严重的原因，公估师说机器设备不怕水泡，就怕火烧，降损就行了，不用想那么多。

在我之前的认知里，泡水的机器设备和过火的机器设备损坏程度应该差不多，但没想到这些泡水的机器设备的受损情况超出我的认知。

这件事让我一直不得其解。后来我专门请教了一位技术工程师，才真正了解到了其中的门道：洪水只是在形成冲击波的一刻具有强大破坏力，当洪水平息下来，水里的淤泥会逐渐下沉，慢慢变成清水，机器设备一直是浸泡在清水中。只要不是精密电路板，清水的伤害性就不大。而且，机器设备在清水中完全浸泡，是处于无氧环境里的，不会有很大损伤。

能使泡在水里的机器设备产生损伤的，应该是在抽水时，抽水泵搅动水里泥沙，被搅动的泥沙会磨损机器设备。另外，水被抽出去时，机器设备会逐渐从水里暴露在空气中，很快就会产生锈蚀。因此，抽水这一过程非常重要，必须快速，要是抽慢了，机器设备就会全部锈蚀报废。

这和考古学里"干千年，湿万年，不干不湿就半年"的说法是同样的道理。墓穴里的文物只要一直保存在水下环境或者特别干燥的环境，因为在无氧状态，一般都不会损坏，能够长久保存；一旦被从水中取出来，没有及时脱水，很快就会霉变碎裂。

石料厂老板对此也挺意外。

石料厂所处地作为泄洪区有一定的政府补偿，我们理赔时也要扣除一定额度的补偿金，因为保险规定，被保险人不能因保险理赔获利，如果保险理赔加上泄洪补偿后，总额高于损失，就属于不正当获利了。此外，再扣掉免赔额和机器折旧比例，理赔款为73万元。

到了9月底，这起案件也完成了结案赔款。

我手上的两起案件就这样处理完毕，这场"考试"我算是交了一份挺不错的答卷。当然，主要还是因为公司分给我的两起案件比较简单。

到了年底，我们非车理赔部跟业务部的同事开郑州暴雨巨灾事故理赔经验分享会，胡工和老黄说起他们理赔的百万级别、千万级别的赔案。我听着他们讲述一轮轮和对方艰辛交涉的过程，止不住佩服他们处理案件的能力和经验。与他们相比，我相差甚远。

老黄处理的一起纺织厂案件，被保险人报损高达6500万元，受损的财产主要是机器设备。暴雨期间，他们厂里的设备一半浸泡在雨水中，另一半露出水面，在这样的情况下，设备最容易锈蚀。

这起案件难在暴雨之后，纺织厂厂区受新冠疫情影响，被封控了整整一个月，没办法及时对机器设备施救抢修。在这一个月里，厂房里的积水将厂里盛放化学品的铁桶腐蚀，泄漏的化学药剂漂满了纺织厂，导致纺纱织布的机器设备、库存产成品、电脑机房里的设备等全部被腐蚀损坏。

在这种情况下，哪些机器设备可以维修，哪些机器设备的零部件需要更换，哪些机器设备已经全部报废，就只有专业人士才能摸清头绪了。老黄找到了和我们合作过的李工进行案件的查勘和定损。

当时郑州交通瘫痪，高铁和飞机停运。没办法，李工和三名助手就租了辆汽车，一路颠簸，花了将近四天才抵达郑州。

到了当地，看见受损情况之后，他们跟纺织厂的工程师进行商讨。因为这家纺织厂工艺复杂，光是纺织机就有二十多种型号，每种型号不同的纺织机有不同的维修方案，每台机器受损的情况又不一样，他们就得一台一台拆开，确认受损情况。他们光是制定的维修方案就写了二百多页，像厚厚的一本书一样。

李工和助手在当地住了21天，在纺织厂维修工的协助下已将可以维修的机器维修完毕，也将返厂维修后运回的机器调试完毕，一些需要更换零件的机器设备也全部进行了更换。

这期间，老黄也没有闲着，他多次和纺织厂的代表在网上远程谈判，从最初的 6500 万元报损，降到 6000 万元，再降到 5800 万元。李工维修机器设备时，也尽可能压低零部件的进价。最终经过一轮一轮的努力，案件以 5600 万元的理赔金额结案。

近 900 万元的减损，在我们保险公司的理赔史上是个奇迹。

虽然我参与了郑州暴雨巨灾事故的理赔，可要让我去描述这场巨灾理赔，我却有点儿语塞。因为案件都是远程处理，再加上当时理赔经验不足，现在再回过头来想一想，当时处理案件的方式，还有许多需要改进的地方。

2023 年 7 月 31 日，因台风"杜苏芮"北上，北京、河北遭遇罕见大暴雨。这一次我们前往了事故现场，直面了暴雨灾害的破坏力。

"杜苏芮"台风是我所遇到过的最疯狂的"巨兽"，从它在 7 月 28 日登陆福建后，我们就不停接到出险报案。报案的有遭遇台风袭击的企业，也有房屋门窗被严重破坏的家庭财产保险客户。

经历郑州暴雨巨灾事故后，我有了处理巨灾的经验，再加上之后两年来保险理赔的工作经验积累，我已经不再是初出茅庐的新人了，对巨灾事故能有比较准确的心理预估了。但"杜苏芮"台风巨灾事故还是出乎我的意料——短期内各种不同类型的报案接踵而来。

我们每个人每天马不停蹄地联系客户、前往现场查勘、写理赔报告。有好几天，我们忙得午饭都没时间吃，回家之后继续加班加点，精神处于高度紧绷状态，时刻在思考理赔方案。就连每天上下班通勤路上，我们也时常用手机跟被保险人进行联络、了解案情。

起初，我们打算在福建驻点一个星期，各自处理所负责的案件。可是"杜苏芮"台风肆虐了福建一带后，仿佛没有尽兴一般，咆哮着一路北上，一路施威，广东、江西、安徽、山东，一直往京津冀方向狂奔，所到之处无不遭其摧残。

沿海一带的居民清楚台风规律，他们在台风到来前会做好应对措施。即使是台风夹裹暴雨，也因为当地临海，雨水能直接排入大海，大多不会形成内涝。另外，南方的树种普遍历经自然筛选，能够抵御台风冲击，也能削弱台风对当地造成的破坏。

正常情况下，能吹往内陆的台风极少，即使有吹到的，威力也不够强大，基本上没有什么破坏力。内陆最怕的就是那些超强台风。超强台风难以应付，内陆抵御经验不足，缺乏有效措施，容易造成巨大损失。而且吹向内陆的超强台风又时常伴随强降雨，很容易形成内涝。

很快，河北、北京、天津的企业报案铺天盖地发来。一开始，我们委托公估公司处理了几起案件。随着案件量越来越多，公估公司也忙不过来，不能有效地配合我们了。我们意识到这不是办法，不能只依赖公估公司，我们也需要克服困难，去现场查勘。

彼时，老黄和胡工深陷江西"杜苏芮"台风案件泥沼，分身乏术。我们和老黄、胡工开了一个巨灾处理方案的远程网络会议后，决定由大刘任组长，我和齐哥任组员，再聘请经验丰富的技术服务工程师李工，组成理赔四人小组，立即北上。

【保险冷知识】

一般的财产保险只承担意外事故导致的财产损失，不承担事故期间造成的企业利润损失。

但在企业发生意外事故后，很有可能因此出现企业日常经营中断，产生更大的利润损失。

而有一种"营业中断险"，可以补充保障企业在包含火灾、爆炸、自然灾害、公共卫生事件等造成的营业中断的利润损失。

这种保险一般是企业在保险公司购买企业财产保险时，可以申请购买。有的公司是将其作为一项附加险，补充在企业财产保险保单上的，也有的公司是单独销售这项保险。

这种保险在理赔时不是直接赔偿财产损失，而是会根据营业中断期间的毛利润损失、工资损失、聘请审计师费用等来计算理赔金额，甚至有的营业中断险还会包括企业灾后重建的额外费用。

在新冠疫情期间，社会上许多企业停工，一些投保过营业中断险的企业就申请了营业中断险的理赔。

追着"杜苏芮"做理赔

"坏了，我们迷路了……"大刘嘟囔着，他驾驶着租来的大众汽车停在一片稻田前。稻田里，土黄色浑浊的积水已然漫出田埂，只剩几根生命力坚强的禾苗露出水面，不知能坚持多久。我坐在副驾驶座上四处张望，试图找人问路，但只见茫茫一片，仿佛身处世界末日，凄凉笼罩，不见一个人影。

"咱们往回开吧。"坐在后排的李工建议道。

无人应答。

由于灾区的信号塔还没恢复，我们的手机都没有信号。大刘不甘心，把手机伸出车窗，高举着，朝不同方向寻找信号，但手机丝毫没有反应。接着，他又拿出了事先准备的当地地图，但找不到对应的位置，洪水将当地的道路全淹没了。

车外的天空阴云密布，气压低得让人透不过气来，我们更加迷茫。我们不确定目前身处何地，凭感觉，木器厂应该就在这附近，但就是找不到正确的方向。

半个小时前，我们还在有信号的霸州市区，当时，大刘和报案的木器厂老板联系，老板说："你们的车沿着南边的路，一直往前开，就能看到我们的厂了。我现在也开始从厂里出发，向你们那边开，在路上跟你们碰头。很近，只有3公里路程。"听到路程只有3公里，大刘答应了。

现在，大刘直懊悔："我当时要是不答应老板，坚持让他来接我们就好了。我怎么也想不到这里的路况会这么复杂，让我们陷入前不着村，后不着店的境地。"

"算了，我们先把车开回去吧，走一步，看一步。"我说。

"我们往回开吧，太倒霉了，现在还打不了电话，也联系不上那个老板，不知道他开到哪里了。"齐哥说。

看着我们狼狈的样子，李工咂咂嘴，微微摇了一下头，没说话，摇下车窗，往车外咳了一声。

我听到车轮在泥路上缓缓打转，汽车掉头，我们准备返回。不料这时汽车后轮陷入了一个泥坑中，大刘猛踩油门，试图冲出泥坑，汽车沉闷地一而再、再而三地"嗡嗡"轰鸣，始终挣脱不了困境。没办法，李工没好气地说："都别坐在车里等了，看样子开不出来了，下去推吧。"

我们三个人下车，踩在水中，在车尾俯下身，双手推向车身，随着李工喊出的号子而用力，而大刘猛踩油门。汽车像是一头倔强的牛，当它终于被我们强行推出泥坑时，不满地甩了我们一身污泥……

时间拉回昨天。

昨天早上7点40分，我和齐哥、大刘坐上了高铁，目的地是河北廊坊，中途还要在济南转一次车，预计抵达时间是晚上6点30分。

这是我第一次因为巨灾赔案出差，心里紧张，行李包里除了衣服、笔记本电脑和洗漱用品，还有我打印出来、整理成册的出险企业的相关资料，我打算在高铁上提前做做功课。

"你这也太夸张了。"瞥见我拿出一沓厚资料，齐哥摘下耳机，暂停手机里的电视剧，"我们是去给客户理赔的，不知道的还以为你要去考公务员呢！

别给自己太多压力，放松点儿，提前做准备，会影响你的临场发挥哦！"

我从他身上看不出丝毫紧张感，大刘也是一样，窝在最里面的座位玩游戏。

被他这么一说，我觉得有点儿不好意思，便小声说："这不是为了工作嘛，这么多案件，我提前做做功课，心里好有点儿底。"

齐哥把耳机塞回耳朵，没再搭理我，继续看他的电视剧了。

我也继续看自己准备的资料。

处理巨灾赔案最讲究时效，现场查勘不会给理赔员过多琢磨的时间。每起案件的理赔不可能做到尽善尽美，多少会有点儿遗憾，但我想力求达到更好的理赔服务效果。

高铁在晚上6点抵达廊坊市区，我们走出高铁站，距离那场台风暴雨已经过去整整一周。夜幕即将降临，灰蓝色的烟尘笼罩着整个城市。路边街灯在烟尘中隐隐约约亮起，空气中弥漫一股潮湿的发霉气味，这种气味从高铁站一直跟随着我们抵达宾馆。

到达宾馆安顿好后，大刘收到了李工的微信

消息，说他乘坐的飞机因天气原因推迟起飞，要晚点到。

我们放好行李之后的第一件事，是去汽车租赁公司租一辆汽车。接下来的几天我们会跑很多地方，有了车就方便多了。

我们提前在网上订了一辆宽敞的大众汽车，租金每天300元。租车点就在宾馆附近，老板是个无精打采的中年男人，验车期间，他问："听口音，你们都不是本地人，这时候来河北做什么？"

大刘说："我们是保险公司的，来这里工作的。"

他一脸嫌弃地说："这一个星期，我接的全是保险公司的生意。你们的车净往脏的地方开，还车的时候脏得很，我还要替你们洗车，租车费还不够洗车的水费呢！"

"租车生意好，你们赚钱也多啊！"我轻松说道，试图缓解他的厌烦情绪。

"赚？光给你们这些人洗车就累死了。"他嘟嘟囔囔，带我们验完车，不快地把汽车钥匙丢给我们。

之后，我们驾驶租来的车去附近商场进行了大采购。由于要去灾区，担心那边没水没电，吃饭会成问题，我们买了两大箱矿泉水、一箱自热米饭、一箱面包、几盒肉罐头、几袋火腿肠，还有一些水果，这些至少够我们吃三天的。

我们每个人又买了一双最结实的高筒胶靴。水灾过后，现场必然有不浅的积水。穿运动鞋蹚水，不仅不方便，还会把鞋子和脚泡坏。

采购完物资后，我们把所有东西都搬进了车子的后备箱。其余的查勘装备，诸如尺子、手电筒、计算器，我们都有随身携带，无须再买。

忙完采购，已经到了晚上 8 点多，我们准备明天一大早去出险企业，今晚需要好好吃一顿。

齐哥提议说："我们好不容易来河北一趟，尝尝当地的美食吧。"

我和大刘一致同意，于是我们就在手机上找了一家评价很好又性价比高的饭店。到了饭店，我们对着菜单点了酱驴肉、莜面、扣碗、肉糕、花椒肉、熏菜拼盘、火锅鸡、骨酥鱼……

大刘说："别点太多，我们就三个人，够吃就行，点多了浪费。另外，点这么多菜，我们的出差补助也不够。"

齐哥嬉皮笑脸地说："你是组长，不够的地方你补上！算你请客。"

过了一会儿，我们把点好的菜单递给服务员。服务员看了一下我们点的菜，对我们抱歉地说："最近因为水灾，我们饭店的材料不好采购，所以酱驴肉和火锅鸡暂时没有。你们看看，能不能换点别的？"

大刘开心地说："别说我不请你们呀，是人家没有这两样硬菜。"

饭菜一盘接一盘地端上来，这家饭店的熏菜拼盘做得特别香，一点儿都不腻，大家一边吃，一边聊起明天的计划，先去哪几家企业，怎么样的路线最合理……

齐哥忽然停下筷子，对我们使了个眼色，努了努下巴，让我们注意一下邻桌五个人聊天的内容。我们听到他们也在说"客户""案件""赔多少""理赔报告"之类的话，基本确定了他们是保险业的同行。

接着，我们又发现不远处的另一桌，两人也是某家保险公司的理赔员，其中一个人拿着电话正在向领导汇报今天的查勘进展。

根据我们的观察，两桌人也互不认识。

他们应该也从我们的言行中辨认出了我们的身份，其中一人指了一下我们这桌，另外一人特意看了我们一眼，众人压低了声音。

不过认出就认出了，我们之间也不会有什么交集。

恍惚间，我感觉我们是从各个门派派过来的侠士，无意间在这家客栈会聚，都是为了去参加武林大会。同门师兄弟谈天说地，聊着明天武林大会的计划，同时提防隔壁桌的其他门派。

我们来得最晚，也是最后吃完的一桌。我的食量不大，很快败下阵来。大刘和齐哥把剩下的饭菜解决，吃到最后，两个大胃王都吃累了。

我开车载着大家回到宾馆，一天下来，大家都疲惫了。我和大刘住一个房间，齐哥和李工住一个房间。大家约好第二天早上7点半在宾馆餐厅集合，吃完早餐一起出发。

第二天吃早餐时，齐哥一见到我们就指着李工，佯作委屈地抱怨说，昨晚李工到得太晚，他刚睡着就被吵醒了，等到他好不容易又想睡着时，李工又打起了呼噜，害得他一夜没睡好。他问大刘昨晚睡得怎么样，大刘叹了口气说："小剑睡觉没声，好几回我以为他死了，吓得我一晚上也没睡好。"齐哥和李工听闻，哈哈大笑，我无语扶额，齐哥吵着明天要换房间休息。

　　吃完早饭，我们此行的工作真正开始了。我们第一家要去的出险企业是位于廊坊霸州郊区的木器厂。

　　木器厂在"杜苏芮"台风事故中惨遭重创，数米深的洪水淹没了他们家厂房，厂房里总价值130多万元的激光切割机尽数泡水。

　　出发前，我们联系了木器厂老板，后来就遇到了开头的那一幕。

　　还好，等到我们的车辆离开无信号区之后，联系上了同样开出无信号区的老板。我们在原地等了他四五分钟后，看到他的车打着双闪朝我们开来，会合后，由他的车领着我们前往木器厂。

　　其实，我们一开始行驶的方向是正确的，只不过道路被洪水淹没，两边都是稻田，我们看不清路在哪里，没敢继续往深处行驶。正确的路线是沿着道路穿过稻田，开过一个村庄。木器厂就在村庄后面。

　　大水现在已经基本退了，但村子里的道路依然泥泞。我坐在副驾驶座上，看到车轮把泥点卷起打在我旁边的后视镜上，我担心妨碍驾驶视线，不断伸出手去擦掉。路两旁民房墙上留下的整齐水淹痕迹清晰可见，我目测最浅的也得在 1.5 米以上。有的老房子墙体已经出现明显弯曲，硬撑着摇摇欲坠的屋脊，不肯倒下，无言控诉着台风来临时对它们的摧残。

听老板说，这些村里的灾民还住在远处的安置点。灾民主要是当地留守的老人和孩子，村干部禁止他们回村，担心回村途中会遇到危险，也怕他们回村后，看到自家房屋的惨状会情绪失控。因此，村干部还不如趁着这次机会做做他们的思想工作，让他们直接搬进政府先前盖好的"新农村"里。

一些瘦骨嶙峋的家猫和土狗穿行在被吹倒的树木之间，双眼无神地望着我们，想必在暴雨来临之时，村民顾不得带走它们。洪水中，它们逃到了屋顶上、大树上才幸存下来。主人迟迟未归，它们也无处可去，能吃的东西早就没了。

齐哥大发慈悲，打算丢几根香肠给它们吃，却被大刘阻止了："乱发什么善心。别招惹它们，它们饿得全身只有兽性了。它们要是知道我们车上有肉，就会一路追着我们跑，只要我们停下来，它们就会马上扑上来。我们车上的肉肯定不够它们吃，它们就要咬人了！"

很快，我们到达木器厂。厂区里，积水还有5厘米左右，没过胶鞋鞋面。老板说，前几天这里的积水足足有2米深。厂房墙壁上依旧清晰的水渍，证实了老板所言非虚。我们可以想象厂区当时被淹没的情景。

木器厂投保的五台激光切割机全部淹在水下。

老板告诉我们："这五台设备在水中泡了一周，已经无法修复，只能报废了。如果不能快速恢复生产，我的订单肯定无法完成，到时候就要赔客户巨额违约金了。我现在一点儿办法都没有了，只能指望你们了。"

我们看完设备后，李工说："没有修复价值了，我建议直接报废处理吧。"

这起案件是我负责，一开始我给的方案是将五台激光切割机返厂维修，继续使用。木器厂的激光切割机已经在我们保险公司承保三年了，按照保单规定每年折旧10%，也就是说每台机器只有原价70%的保险价值。根据这一保险价值核算出来的理赔额，按照我的理解，虽然不够重新购置一台激光切割机，但是用来维修是绰绰有余的。

老板拿着生产厂家给出的维修报价单告诉我们："这种规格的激光切割机现在市场价格是20万元一台，要是返厂维修，一台就要花费23万元。不信的话，你们可以看这报价单。"这匪夷所思，以前我从没遇到过维修机器设备会比购买新机器设备费用还高的情况。

李工给我做了解释："这种机器设备的返厂维修除了运费，还需要拆卸费、检测费、调试费、更换部件费。新的设备制造时可以流水线作业，维修老设备不行，厂家必须一个一个部件手工拆下来更换，这样人工费就高了，比流水线人工成本要高得多。"

我们查勘完毕后，按照工作程序，进入和木器厂老板协商阶段。老板准备带我们去他的办公室，这时李工说："我的任务已经完成了，你们去谈吧。我昨天飞机延时，到宾馆太晚，睡眠不足。我需要到车上去睡一会儿。"

我们跟木器厂老板沟通，虽然从现实角度看，报废是合理的，但保险是以修复为原则，公司规定，可以维修的设备不能直接报废，优先采取维修方式。

我们对照保单相关条款约定，扣除折旧、免赔额之后，维修方案的理赔金额大致会在 58 万至 65 万元之间。

木器厂老板听到这一金额，犹豫了一会儿，向我们提了一个请求："我这些机器维修要两个月，你们能不能十天之内给我 60 万元？我现在急等这笔钱救命。60 万我能买三台新机，我要赶快赶订单啊，不然我要交的违约金比机器都贵啊！"

我征求齐哥和大刘的意见，大刘对老板说："等我们和领导汇报后，再答复你吧。"

我们把这件事的详细情况全面向老黄汇报，老黄说他要考虑一下。约十分钟后，老黄回复我消息：

> 理赔资料让客户盖好章，扫描发给内勤华姐吧，我向领导申请好快速理赔绿色通道了，你们记得把原件带回来，不要让我难办。

我们把这一消息告诉木器厂老板，他很爽快地把理算书、赔款同意书现场直接盖章给我们。

七天后，理赔款顺利打到了木器厂老板的账

户上。

这起案件如果按我们常规的程序，要一两个月才能理赔结案。尽管机器维修是更妥善的方案，但维修的方案解决不了老板的燃眉之急，只有变通的快速理赔才行。

处理完案件之后，时间临近中午，天空又下起小雨。我们担心雨会越下越大，道路不好行驶，简单在车里吃过我们自带的食物。看到附近有一处村民临时安置点，我们决定去那里看看。

这个安置点有两三百人，周围村庄里的村民都安置在这里。午餐时，只见村民在用石头围成的土灶上煮着一大锅清水面条，听他们说，这是用纯净水煮的面条，当地的水质已受污染，不能食用。面条和纯净水都是救援捐赠物资，偶尔会有救援者送来青菜和其他食物，但大多数时候吃的都是清水面条。我们听说后，送了两袋火腿肠给他们。

村民告诉我们，村里都被洪水淹没了，现在回去还会有危险。村干部现在不让他们回家，也是为他们好。即使他们现在回去，家里也没有吃的，房屋还都泡在水里呢。家里的房子已经不指望了，他们希望能尽快回家看看家里的地，这季庄稼没收成了，别耽误玉米播种就好。

我们又问他们今后居住的问题。他们说，政府原来就已经盖好新农村住房了，都是楼房，他们住不惯，原来都不想搬，现在大家都想去了，不知道还能不能分到了。听说不能分到住房的，要是自己想建房子，国家会给他们发放补贴。

在洪灾面前，成年村民愁眉苦脸、唉声叹气；小孩儿们却毫不在意，他们三五成群，打打闹闹，有几个围在一起"拍烟卡"。我听他们说，暑假作业全被大水淹坏，不用写了。他们希望再来一场大雨，这样就能延迟开学，尽情地玩了。

下午，我们又查勘了几家小企业，损失都在万元以内，几乎都是现场谈判就敲定了理赔金额。万元以内可以走小额快速理赔流程，只需三个工作日，赔款即可到位。

中途发生了一个小插曲。有一起齐哥负责的家具厂案件，客户过水的一台机器设备，李工自信能修好，于是打算指导家具厂的工程师自行维修处理。但李工正准备拆机时，被家具厂老板拦下，老板说："这机器上都有封条，你们自行拆机之后，如果修不好，生产厂家就不予处理了。"

李工疑惑地问："你这台机器已经用了七年，还指望着厂家给你保修吗？"

家具厂老板说："我们可以联系生产厂家回收机器。万一拆开修不好，寄回生产厂家，发现封条被拆后，就不回收我们的机器了，我们岂不是赔了？"

为了消除老板的疑虑，李工给老板讲解机器设备的内部构造，损坏的部分如何修理，要更换什么部件，需要更新的部件市场价格大概多少等。

家具厂老板听完，说："既然你是技术工程师，就不应该让我们的工程师来修，应该你负责亲自给我们修，不然我们自己修坏了，到哪说理去。你负责的维修，就要保证给我们修好。"

李工为难地说："你们买零件至少要一周，我不能在你们这里等那么长时间。这个维修很简单，我现在教会你们的工程师，你们绝对能修好。实在不行，让他和我视频通话，我指导他。我这是为了你们考虑，你们自己修又快又便宜。"

家具厂老板是个认死理的人，非说李工自己提出的维修方案，就必须李工自己来修。李工见他不可理喻，不耐烦跟他争下去，二话不说就直接跑回车上休息去了。

场面一度紧张，齐哥只好出来打圆场，同意家具厂老板尽快将受损设备返厂维修，但提出届时维修报价单需要由我们参考市场同类型设备维修均价进行核定处理。老板考虑后，接受了我们的处理方案。

我们回到车上，李工得知齐哥的方案，责怪齐哥："你不能这样，不该迁就他们，就让他自己修，他愿意返厂让他自己返厂，你们只赔零件费用，不能惯着这种人。"齐哥笑笑，没有说话。李工也意识到自己刚才有点儿情绪失控了，也不再言语了。

等我们处理完案件把车开回市区时，已经是晚上8点多了。大家奔波了一天都累得散架了，在宾馆附近的面馆随便吃了些东西，回宾馆稍做休息，还得继续商讨第二天的工作计划。

根据计划，我们明天上午就能把廊坊的出险案件都查勘完；下午去石家庄方向，继续查勘受灾企业。

晚上洗完澡，我把换下来的带有味道的衣服拿在手里，考虑要不要洗一下。不洗的话，我明天没有衣服换；洗的话，我又担心晚上晾不干，一时间不知如何是好。

　　齐哥生活经验丰富，他行李里带了一个便携烘衣器，打开之后像个西服罩子，衣服放在里面通上电，二十分钟就能吹干。他大方地借给我用。多亏了这个烘衣器，在接下来的旅途中，我一直有干衣服穿。

　　我把当天的企业查勘报告写好，就去休息了。不过当晚齐哥呼噜声大作，还伴有节奏，让我一直合不上眼，很后悔没在他睡着前先进入梦乡。我开始数羊，他的呼噜节奏总在打乱我，我的"羊群"越来越庞大……

　　早上离开宾馆，我坐在副驾驶位，一路上不停打瞌睡。大刘不让我坐他旁边，抱怨道："你打瞌睡都传染我了，坐后面去吧！"于是，李工主动和我换了位置。

　　我手上廊坊的案件昨天都查勘完了，他们去查勘案件时我就留在车上打盹。中午，我们开上了高速，前往石家庄，在高速服务区吃了盒饭。直到下午抵达石家庄后，我的困意才逐渐消散。

　　抵达石家庄时是下午 2 点，趁着时间还早，我们马不停蹄地赶去受灾企业。

首先查勘的是一家养猪场。我们的车离养猪场还有一段路程，就有一股股恶臭袭来，越接近养猪场，臭味越重。

到了养猪场，看到受灾的场面，我差点儿把午饭吐出来。猪的污秽物被大水冲得到处都是。饲养员们两个人一组，正把一头头漂在水里膨胀的死猪堆到一辆卡车上，据说是拉往动物无害化处理厂焚烧、掩埋，不然会引发瘟疫。

养猪场一派衰败的景象。幸亏我们穿着胶靴，不然直接和污秽物接触，不知会有什么样的后果。

据养猪场老板说，那天台风"杜苏芮"裹挟着暴雨来临时并没有把养猪场淹得很深，最高时水深大概只有 30 多厘米，差不多到人小腿的位置。按理说猪不会出事。不巧的是，养猪场里小型变电站的围墙被暴雨冲塌，一条电缆被砸断，落入水里电死了场里 200 多头成年生猪。

一头生猪的市场价格是 2500 元，再加上三台损坏的饲料研磨机，养猪场老板报损总计 60 万元。

我们在养猪场现场查勘。养猪场有四栋猪舍，每栋猪舍分为十五个猪栏，每栏按照 4 至 6 头存栏量计算，养猪场应该有 240 到 360 头生猪，客户报损死猪数量基本符合现场损失情况。

当我们走到饲料研磨机房时，李工拆开了饲料研磨机外壳，取出了里面破损的磨盘，问："老板，你觉得水能把磨盘淹碎吗？"

养猪场老板尴尬地笑了笑，坦白道："前段时间坏的，损失不大就没报案。谁承想台风来了，这次淹死这么多猪，我寻思能不能放在一起请你们赔偿。"

李工没再说话，看向负责这起案件的齐哥。

齐哥看向养猪场老板说："据我了解，现在生猪出栏价一头 1500 元左右，你报的 2500 元也太高了吧，这起案件最多理赔 35 万元。磨盘与此次事故无关，是肯定不能放到案件里处理的。"

养猪场老板沉默片刻，说："38 万元怎么样？我厂里猪都死光了，要重新买猪苗，实在困难。"

齐哥没有立刻答应，而是跟我们说一起出去商量一下。

我们找了个恶臭味相对不是那么重的地方，李工点了一根烟，我们四个人中只有他抽烟。"你的心理价位是多少？"齐哥问。

李工说："40 万元。现在的价位可以了。"

大刘和我也同意。

"行。"

等李工抽完烟，我们回到老板办公室，此时的老板已经等得有点儿心焦。听到我们确定 38 万元理赔款后，他终于松了一口气。

我们拿到老板现场签字盖章的文件回到车上，李工按捺不住激动的心情，说："要不是我刚才看出磨盘有问题，你们就会被宰一刀了。"

"幸亏有你，不然我们真会被他宰了。"齐哥赞赏地点点头，接着又调侃道，"还好，你今天没像昨天一样直接把我们给甩了。"

李工讪讪笑道："昨天主要是他们把我惹毛了嘛。"

查勘完石家庄的最后一家出险企业后，第四天傍晚，我们到了河北保定，这里也是此次台风受灾最严重的地区之一。

我们经过一个工业园区时，看到原本应该井然有序的园区，现在变得杂乱无章，到处堆满了水淹报废的各种物资，园区周边的道路也被侵占了一部分。我们的车小心翼翼地行驶，稍不留神，就会被堆放的物资剐碰。

我们去的企业是一家肉联厂，客户报损 125 万元，这是大刘的案件。我们开玩笑地说，这两天总跟动物打交道了。

当我们距离肉联厂还有 10 公里时，汽车无法继续前行，积水已经漫到了车底盘。我们只能把车停放在高处，打电话联系肉联厂老板。肉联厂老板说他正在厂区等我们，让我们不要急，他来给我们联系一艘柴油艇。

驾驶柴油艇的师傅姓刘，特别健谈，我们叫他刘船长，他喜欢这一称呼。我们坐上他的船时，他递给我们一人一件救生衣穿上。

刘船长告诉我们，他连人带船，是从白洋淀过来支援的，这一带现在已经成了一面大湖，最深有 12 米，没有船就寸步难行。

我好奇下暴雨之前他是做什么工作的。他说自己之前是给人看鱼塘的，这场暴雨使鱼塘老板血本无归。

刘船长说："我们围鱼塘的围栏高度只有二三十厘米，只是防止鱼跳出。结果这场暴雨使鱼塘里的水一下子漫过围栏，那些鱼儿没有了遮挡，全跟着水跑了。我开船的时候你们留意一下，说不定还能伸手抓到几条大鱼呢。"

李工和大刘听了，开始留意游到船边的鱼儿，想抓一两条给大家晚上加餐，可惜一路上一条鱼也没遇到。

船行了一会儿，我们看到离我们不远处，有几个穿着橙色救生衣的人，驾驶着船只，好像在从水里打捞着什么。

我们很好奇，向刘船长询问他们是干什么的。

"这一片养牛、养羊的特别多。暴雨来的时候，我听说当时的景象真是太惨了，到处都是牛羊逃命时哀号的声音。只有少部分牛羊在大水到来之前逃到了高处，留了条命。大部分都跑不过大水，被活活淹死了。你们现在来好多了，那些牛羊的尸体都被清理过了。你们想想，那么大的牛羊尸体都被水泡浮囊[1]了，打捞起来得多费劲，这些打捞的人真的不容易。"

刘船长又说："在这片水域，装备最好的救援力量是解放军和蓝天救援队，要不是有他们，损失

1　浮囊：北方方言，指浸泡在水中时间太长，膨胀的样子。

会更大。解放军来去匆匆，我有时候看到他们，就直接让路，不好意思跟他们打招呼，怕耽误他们救援。碰到蓝天救援队的人——我们叫他们'蓝精灵'——有时见面能聊上几句，他们也非常辛苦，救援时也有危险。"

我们偶尔也能看到一些和我们同样乘坐柴油艇的人，有的是企业老板，有的是公估公司和其他保险公司的同行。驾驶船的船长之间都熟悉，会打个招呼，然后各自岔开。

很快，我们抵达了肉联厂。肉联厂老板坐在一艘小木船上，等待我们已久，见我们的船驶来，上了我们的柴油艇，指示刘船长进厂的行驶路线和方向。

厂区内的积水此时还有 1.5 米深，办公大楼一楼大门只剩上半部分留在水面上，大部分都被水淹没。几名员工赤裸着上身，正蹚着水，准备进入办公大楼，大水淹没到他们胸口，每行走一步都很艰难。

水中大楼的倒影与大楼组成了一幅交融的画面。这番景色如果不是出现在灾区，应该是一道美丽的风景线，此时却让人感到无比悲凉。

听老板说，暴雨前肉联厂提前一天接到园区通知，员工把办公楼里的贵重物品都转移到安全的地方了。

企业的重点损失是办公楼后面的冷库。肉联厂员工担心冷库在暴雨中进水，撤离前把冷库的门紧紧地锁上了。冷库是砖混式结构，里面加装了保温板，即使断电，内部温度也能维持半个月。可是通过天气预报得知，降雨还会持续多天，厂领导都开始担心，如果冷库被暴雨淹没，将会形成内外温差，一旦温差过大，冷库会发生爆炸，届时波及周围，后果严重。

为了防止冷库爆炸，肉联厂老板只好安排员工冒雨打开冷库大门。一天后，冷库果真被雨水吞没了。虽然避免了爆炸，但这直接导致冷库里的存货、制冷设备全部泡水损坏。冷库设备保险金额125万元，库存商品损失保守估计上千万。

我们保险公司只承保了肉联厂的制冷设备，当时我们的理赔方案是，泡水后的制冷设备具备修复价值，采取修复方案处理。

这家肉联厂是当地"菜篮子工程"的定点供应商，政府要求他们尽快恢复生产，以保证居民正常生活需求。

肉联厂老板告诉我们,他们在张家口还有两个分厂没受暴雨影响,正常运营。老板希望我们能快速理赔,以便他们尽快拿到赔款,增加两个分厂的资金,扩大生产,保证"菜篮子工程"不受影响。

李工按照客户提供的制冷设备采购合同和清单,评估设备损坏程度,现场定损 65 万元。

我们告诉老板,一旦此金额确认无误,我们的赔款将在十个工作日内直接拨付到客户指定的账户上。老板听着我们的解释和承诺,表示感激,马上按我们告知的流程要求补充提供了配套资料。

我们即将离开肉联厂时,老板听说我们下一个要去的受灾企业是附近的混凝土搅拌站,连忙叮嘱道:"那里受灾更严重,你们船开慢点儿,注意安全。"

等我们到达混凝土搅拌站时,果不其然,这里被淹的程度远比肉联厂严重。

听搅拌站老板说,这里位于高碑店市市郊,离涿州市不远,地势低洼,水最深的地方仍达到 5 米,不知道什么时候积水才能排尽。

现场绝大部分设备直到现在仍泡在水中。这家企业投保的设备是二手设备，老板告诉我们，无法提供设备的原始购置发票，所以现在损失金额无法评估报损。

还好我们带来李工，他对混凝土搅拌站的设备类型很是熟悉，问了老板几个设备型号的问题，再结合我们保单上的资料，已经在心里计算出设备大致原值。

因为我两年前处理过河南的水淹设备，所以我知道这种被水淹没的设备是具备维修价值的。

混凝土搅拌站的砂石不怕水，等水完全退去后，晒干即可。难的是，我们怎样对被淹没在水里的搅拌机和制砂机等生产设备判断损失。

我们在商讨时，提供了一个参考的理赔方案，建议搅拌站自己的工程师自行维修。如果找外界的维修公司，不仅费用高，还很麻烦。根据这一思路，我们预估维修金额是机器原值的 30% 到 40%。

一个月之后，厂区清淤，设备修复金额和我们的预估相差无几，搅拌站的老板震惊不已，案件顺利解决。

回去的路上，我们途经涿州，这里有着全国最大的图书仓库基地。我通过新闻报道得知，这些图书仓库也在暴雨中受灾，给各家出版社造成了严重的经济损失，但是没有一家保险公司为图书仓库的这场意外买单。

原因就在于，图书属于易燃、易霉、易损品，一旦出现事故，基本全损。所以，不管是出版社、印刷厂、图书仓库，还是图书商店，在保险公司那里都属于高风险行业等级，保险费率较高，图书企业往往难以承受。

保险公司销售企业保险业务时，会事先评估这家投保企业的行业风险等级。行业风险等级越高，收取的保费就越高。通常行业风险等级最高的会是那些危险化学品企业，图书企业竟也和他们一样，排在高风险行业等级。

保险公司不乐意做图书行业保险还有一个原因，那就是绝大多数图书企业都是中小微企业，现金流不足。他们若向保险公司投保，保险公司势必要求他们加强相关的安全防护，而他们缺乏资金，很难做到，这样就会导致他们的风险不可控，达不到保险公司的投保标准。

近些年，危险化学品企业的保险业务越来越多，保险公司跟他们的合作关系也越来越密切，这使保险公司对危险化学品行业了解更深，更能有针对性地对他们提出防范风险的整改意见。并且危险化学品企业也会按照保险公司的意见，投入资金和力量积极配合整改，所以这一行业的保险标准越来越成熟。

反观图书行业，尽管不是一个新兴行业，但缺乏一套科学的行业防灾防损措施，导致保险公司对一般图书行业避之不及。

不过，并非所有图书企业都会被保险公司拒绝。像新华书店、北京王府井图书大厦这类龙头图书企业，因为资金充足，平时自发雇用防损工程师，对企业进行定期防灾防损评估，企业内部还经常进行防灾演练，管理上有一套完善的防范风险制度，能把意外风险降到最低，反而是各家保险公司争抢的优质客户。

一路上，我望着被洪水淹没的涿州，想到图书行业的艰难，不停地思考如何改善图书行业缺乏保险保障的现象。

晚上，我们到了涿州的一家宾馆住下。大家都想去吃当地的特色小吃驴肉火烧，我有点儿累，就没有和他们一起去，留在宾馆里写报告。我们已经出差第五天了，河北巨灾事故表格上登记的企业已经查勘了三分之二，电脑里累积的报告已经多得快要写不完了。等到我们看完涿州的全部企业，已经是第七天了。

我们出发去天津。天津武清区的工业园区有二十二家企业出险，这些企业普遍是小微企业，之前是以团单形式投保到我们公司的。相较于河北的出险企业，它们损失不大，基本都是在 10 万元左右。

主要还是要一家一家地跑，比较麻烦，所以我们就不再四个人一起查勘，而是两两一组：我和李工一组，齐哥和大刘一组。

我们第一家查勘的企业是纯净水加工厂，这是家夫妻店，丈夫做技术管理和财务管理，妻子做公司整体运营。

暴雨期间，他们有两台设备被污染：一台是"吹灌旋一体机"，我以前在电视广告里见过，一排排瓶子在机器里依次而过，机器将液体注入瓶子里，再封上盖子。洪水泡过之后，机器里有了泥沙，封装过程就不卫生了，需要把设备拆开，对全部零件进行清洗才行。一台是"反渗透水处理设备"，设备由一堆管道组成，外面有一个控制面板和两个加热铁皮箱。我不太懂这一设备的原理，男老板自豪地给我讲解："这是德国工艺，借助以压力为动力的膜分离技术，能过滤掉水里的离子、有机物、细菌，出来的水特别纯净。不是我夸张，我们的水直接就能媲美医用蒸馏水，注射到身体里。"

"反渗透水处理设备"和"吹灌旋一体机"的出险原因一样，都是水里的泥沙进入机器，造成了污染。根据男老板的说法，这两台机器不能在国内维修，德国技术保密，国内技术达不到，必须寄到德国原厂维修，运输费、人工费加零件更换费，报损 58 万元。

我请教李工在国内能不能修，李工不紧不慢地回答："这又不是光刻机，国内当然能修。维修加调试 9 万元吧，保证跟新的一样，只不过是客户愿不愿意在国内修的问题。客户愿意的话，我可以帮你们联系厂商。"

男老板不接受这一方案，说："维修和买东西一样，是一分钱、一分货。德国那边修过之后，新换的零件以后还能继续保修。国内修过一次，德国就不给保修了。"

李工反问他："难道你准备每次坏了都寄到德国修吗？运费多少？多耽误你们的事儿，一来一去至少要一年，你们厂现在的情况能坚持一年吗？"

男老板不管，坚持要送到德国维修，眉头紧锁，仿佛随时会暴跳起来。

这时候一直在旁边观察的女老板挥挥手，让丈夫别再说话。她说："我们没必要争执。我知道你们保险公司是为我们客户考虑。保单上我们家两台整机价值150万元，这修一次就50万元没了，150万元的保险最多修三次。要是放在国内修，修上百次也不成问题。不过，李工你毕竟不是专业维修水处理机器的，我们公司认识专业维修商，我们自己找维修商维修，修完给你们报费用，你们给我们理赔，怎么样？"

我和李工听出来女老板的言下之意，她自己选维修商的话，他们可以和维修商串通，提高维修费用。这里面的水分就大了，只要维修商开出的维修发票和清单合规，保险公司就无权质疑。

我想了想，说："李工是比较专业的工程师了，9万元维修费，我觉得也比较合理。"

女老板笑了："9万元修不了的。19万元应该差不多。"

理赔款一下子涨了 10 万元，我告诉她这是不可能的，9 万元维修费已经是很合理的了。她不愿意接受，说至少 15 万元。男老板拿了一张纸，在纸上给我们写机器损失了哪些部件，这些部件的价值几何，最后根据他的算法，至少 19 万元。李工直呼男老板算错了，他拿过纸来重新算……

我也不懂这里面的专业知识，只能在一旁默不作声。他们俩算了一个多小时，还没有统一意见。见谈判一时僵持不下，时间也不早了，我就说："我们没有时间和你们商讨了，你们考虑考虑吧，我们还有好几家企业等着查勘呢。"说完，我便拉着李工离开了。

路上，李工跟我说："9 万元绝对合理，他们想要那么多，太过分了，肯定是想落自己腰包里。"

之后，我们又去查勘了其他几家企业，都非常顺利。两天之后，我们完成了工业园区所有出险企业的查勘，准备返程。

回到保险公司后，我们就开始紧张的后期理赔工作，整理案件资料，逐一赶写理赔报告，提交程序，向财务请款，希望能更快地帮助到被理赔企业脱困。不到一周，得到理赔款的企业老板纷纷对我们的高效率工作表示感谢。

我一直没和纯净水厂的老板联系。一来我刚回公司就忙，二来我担心在电话里跟老板夫妻俩吵起来。我这个人最害怕争吵，心里想先回避回避，等忙完这阵儿，有精力了，再跟他们纠缠。

大概是过了两周之后，纯净水厂的女老板主动给我打来电话。

我刚接电话，她就叹了口气，说："唉，我真服了你们了。你知道吗？我们在园区的名声可被你们搞臭了。园区里所有公司你们都理赔了，就剩我们一家没赔，他们都说是我在刁难你们，都不愿意跟我家做生意了。请你扪心自问，我刁难你们了吗？"

她继续说："你们上次说赔 9 万元，那就 9 万元吧，就按你们的意思办吧，唉！"

事情出现这样的转机，我确实没想到。本来是因为我案件太多，没有精力去处理，没想到这变成了一种策略：故意对案件冷处理，让对方焦虑，最后主动求和，接受我们的理赔方案。

就这么着，这起我以为会继续纠缠下去的案件，以这种令人意外的方式结案了。

我后来归纳经验，准备在之后的案件处理中，如果有必要，再试试这种心理较量策略。

空闲时偶尔回想一下，我从最初一名稚嫩的保险理赔员，到现在也逐渐变成一名有谋略、懂得心理战术的成熟理赔员了。对于这种成长，我不知是该喜还是该悲。

保险业务员们

我们保险公司里有座三层金字塔。

从上往下，居于最顶端的是公司高级领导层。他们是我们保险公司的主要管理者、掌舵人，掌握着公司的命脉，制定公司的战略决策，起着总揽全局的作用。

中层是精算部、风控部、审计部、财务部、人事部和法律部。这些是公司的中枢部门，负责最关键的公司业务，如保险产品的设计、保险合同相关条款的拟定、公司人员的安排、公司规章制度的制定等。

底层是核保部、业务部、理赔部、核赔部、客服部，这些是执行部门，员工人数最多，公司的基础运转全靠他们，他们战斗在保险公司的第一线。

这座金字塔的结构在我们保险公司是以具体形

象呈现的，我们保险公司的办公楼就是三层，各个部门也就是按照金字塔的结构安置的。对于员工来说，职位的升迁不仅仅是薪资待遇的变动，还是所在办公楼层的上升。

一楼业务部的位置恰巧位于电梯间附近，每次有人上下楼都需要经过业务部门口。业务部的同事们对楼层的话题特别关注，若是突然有人不明原因地经常跑上楼去，马上就会出现一些传闻：要么此人惹上了麻烦，要么此人将要升职。

若有人问：这人升到哪个部门去了？怎么升上去的？业务员们就会露出讳莫如深的眼神。若是事后发现这人离职了，大家又会忘记之前的猜疑、嫉妒，替这人感到惋惜起来。

于是，有的同事为了避免被业务员传闲话，上楼时舍近求远，绕过业务部，宁愿爬楼梯，也不坐电梯。可有时，有的人走楼梯上楼时，还是难免被他们发现，更会成为被议论的对象。

由于工作上的原因，我们理赔部和业务部来往密切。每当客户出险报案，保单业务员便会第一时间和我们联系，他们好像比出险客户本人还要着急，恨不得让我们马上敲定理赔金额告诉他们。

他们这种心态我也能理解：一方面，因为他们长期维护这些业务，跟客户有感情，出险自然着急；另一方面，理赔款和他们的业绩挂钩，每发生一起保险案件理赔，所属保单的业务员就要被公司扣绩效，理赔款越高，被扣的绩效越多，没准年终奖也会泡汤。因此，案件的理赔情况对他们而言至关重要。

有的业务员向我询问了一次案件情况，后续便不再过问。有的业务员则几乎每天都要跟进一遍案情进展，巴不得我像前线记者一样时时刻刻跟他们报道。这就令我很痛苦了。案件不是每天都有新进展，并且有的案件情况可以告诉他们，有的就绝对不能告诉——我们部门有保密规定，对那些需要协商的案件，没有理赔完结时，不允许向外透露。后来我学聪明了，请他每天把发给我的消息发给客户，这样不仅能从客户那里得到回答，还能更显得关心客户。

不同性格、涵养的业务员，问案情的方式也不一样。

有的业务员平日就莽撞，每次他的业务出险了，总是发来一句没头没脑的问话：案子出险了？

　　我无法判断他的本意：是想向我提问，还是想向我传递什么信息？有时，我要思索好半天，才确定他这句话的真实意图，着实让人头痛。

　　不过，好在大多数业务员问话是这样的："小剑，出险了，你联系客户了吗？现在是什么情况？"

　　通常，不需要保密的案件，也没有必要跟业务员隐瞒客户的情况，我会把了解到的情况直接告诉他们，而且业务员与客户接触得多，比我们更了解客户，有时候还能从他们那里得到客户的额外信息。

　　还有一种问话方式非常礼貌："小剑，打扰你了，我听说出险了，客户有和你联系吗？需要我帮忙做些什么吗？"

　　能做到这么礼貌的只有两个人——Michael 和小姜姐。他们俩都属于业务部下属的外商科。

　　小姜姐是 Michael 的手下。她在业务员中算是个异类，每次同事聊天提到她，都表示对她难以理解，并同时不免为她感到惋惜。

　　首先是因为她的职位：她在公司干了十二年，直到现在，仍是维护渠道的基础业务专员，这在业务员里只是比新人业务员稍高一点儿的级别。

　　我们保险公司有个不成文的规定，只有自己拥有销售渠道的业务员，才有可能从基础业务专员升为资深业务专员，当上资深业务专员后才有机会升职为业务经理。小姜姐常年负责维护公司渠道的业务，没有自己的销售渠道。

　　其次是因为她的感情状况：她已经快四十岁了，没有结婚，好像也没有这方面打算，每天素面朝天，从不注重打扮，也不喜欢和别的女同事聚在一起闲聊，我行我素。和她年龄相仿的同事有不少对她看不惯。也有人认为，这是每天的加班工作耽误了她，让她无暇顾及自己的形象和感情问题。

　　说到加班，小姜姐是我们公司里有名的"加班狂"，她几乎每天都会加班两三个小时，有时周末还忙于工作，与客户联络。小姜姐加起班来，比我们公司所有人都拼命。

　　大家习惯用她的下班时间来衡量加班的强度，比如有人比她下班早，说明加班强度不高。假如她都下班了，我们还在加班，就说明这次加班的工作量太大，我们不免会嘟囔："小姜姐都下班了，咱们还得做到什么时候？"

　　由于小姜姐一直是基础业务专员，虽然经常加班，但工资待遇总是提不上去，她的工资水平已经达到基础业务专员的上限了，职务不升迁，就难以有更高的工资待遇。

有同事为她鸣不平，建议 Michael 向上级领导帮她说说情，适当提拔一下她的职务，但 Michael 也很无奈："小姜姐原来跑过业务，但她应付不来，她性格太内向了，自己也没有人脉关系，家里也没有背景，很难拉来业务，跑业务太不适合她了。"

又有同事建议，或许小姜姐可以往后勤部门发展，这些部门可以不注重社交能力。可谁不知道后勤部门几乎是"一个萝卜一个坑"，作为底层的业务员，内部招聘的消息往往还没传到她的耳朵里，招聘就已经结束了。

不过，小姜姐自己倒是很看得开："我维护公司渠道的收入超级稳定，没有业绩考核，夜里也不会被客户电话打扰。每年圣诞节国外客户放假的时候，我也能跟着轻松半个月，不操心，多好。"

也有其他的业务专员面临小姜姐同样的尴尬处境，没有家庭背景，没有自己的业务渠道，没有上升的机会，可很少有人像她这样看得开，不计较得失。在我们公司，多数人认为，一个人过了三十五岁还没做到管理岗位似乎是一件很丢脸的事情，因此，大多数基础业务专员做到一定年龄之后，必然会想方设法改变工作处境，有的努力升迁，有的就辞职，另谋他路了。

上级领导抱怨，基础业务专员的岗位留不住人。员工会在心里反问：谁愿意一辈子待在基层业务专员的岗位上？但当他们一想到小姜姐时，就立马又无语了，这世上还真有人甘愿一辈子做基层业务专员。

随着入行久了，案件处理得多了，接触的保单也多了，我便从这些保单中发现了一种有意思的现象：业务员的性格会反映在他所做的业务种类上。

比如说话甜腻软糯的强哥，他的业务就很"甜蜜"，有奶茶店、蛋糕店、葡萄酒厂，还有大型的制糖公司、巧克力厂等。这些业务一旦出险，也像糖浆一样"黏稠"，基本上都会拖上一年半载才能解决。

喜欢打牌的源叔是做借款人保险产品最多的业务员，业务里有很多棋牌室的保单。他这个人特别爱斤斤计较，他的客户也一样，每次出险，我们都会在给客户做项目解释上耗费大量的时间和精力。

竹姐对宗教感兴趣，性格粗枝大叶，她的客户很多是她的这类朋友，其中不乏一些外国友人。她的英文非常流利，所以我们理赔期间总是请她充当翻译。有一次，我请教她是怎么和外国友人解释理赔中扣除"免赔额"的，她说："遭遇不幸是上天对他们的考验，所以他们需要自己承担一部分责任，才能通过考验。"说完，我们会心一笑。

徐姐做事干脆利落、热情大方，说起话来头头是道，她是个社交达人，能跟任何人聊嗨起来。她的业务很杂，每次看到她的保单，我都感叹她人脉关系之广，她的业务对象包括但不限于：沙县小吃店、海洋馆的海豚、植物园培育的松茸、国际化妆品公司……她特别爱跟我们分享自己年轻时的经历：只身来到南方闯荡，不辞劳苦拜访客户……每次聊完，她还不忘感叹一句："我现在的一身病就是当时干得太拼落下的，你们可别学我啊！"

苏姐为人比较挑剔，她做的银行业务也是一样，理赔的时候丁是丁、卯是卯，一分钱不能多也不能少。不然就会被她骂很难听的话。

Michael 平时衣食住行追求格调，讲究生活品质，一看便知是个高端人士。他总是戴着无线耳机，跟耳机那头的客户不断聊天，并能随时切换普通话、闽南话、客家话、日语、英语。他的业务就和他的语言一样多种多样，既有福建本地和外地的保险业务，也有欧美日韩的跨国知名企业的保险业务……

这些保险业务员看着表面和谐，实际上私底下有各种各样的恩怨情仇。保险理赔员虽然和保险业务员一样，同属于"金字塔底层"员工，但在保险业务员同事眼中，我们比他们有些权力。因此，他们会跟我们分享一些小道消息，八卦一下同事，这样可以拉近彼此关系，方便他们日后向我们打听自己业务的报案处理情况。就这样，我们理赔部成了一个小型情报站。

除了议论同事工作职位升迁、离职的小道消息，保险业务员的小道消息还有两种。

第一种，同事之间的恩怨。

我们保险公司有个不成文的规定，保险业务员之间不允许抢业务。我们保险公司员工不多，大家各自负责的业务，互相之间也都知晓大概，抢业务会导致内部恶性竞争，破坏公司团结。通常情况下，如果真的出现了两位保险业务员竞争同一个客户的情况，会以最先向业务部递交客户投保资料的那位保险业务员为准。大家也都默认如此。

不过，这条规定自从分管业务部的板块总经理葛总上任后，在 Michael 身上失效了。

葛总十分器重 Michael，支持他开发大型渠道保险业务，而他的渠道保险业务，又常常和公司其他保险业务员的零散客户的业务发生重叠，因此，不少保险业务员的老客户会被他抢走。

比如银行贷款抵押保险业务是 Michael 的渠道保险业务，其他业务员的客户只要在这家银行有贷款抵押保险业务，这些业务就会被归入 Michael 的渠道保险业务里。对于客户来说，只是保单上显示的保险业务员更换名字了，保单没受任何影响。但对原来的保险业务员来说，就是失去了一项保险业务。我们保险公司第一年会给原保险业务员一些业绩补贴，到了第二年，相关业绩加成就完全算在 Michael 的部门里了。

这种操作被我们保险公司美其名曰方便保险业务统筹，但私下里惹得大家很不满意。尽管 Michael 对此表示很抱歉，但他的抱歉也没能让其他保险业务员感到丝毫安慰。自己辛辛苦苦拉来的业务被无情抢走，在他们眼里，Michael 的抱歉反而显得格外虚伪。

　　Michael 的部门有不少这样的渠道业务——葛总爱把这种统筹业务的工作交给他做，这就导致几乎每个业务员都或多或少跟他有些过节，总爱对他的日常行为嚼舌，什么"过道里遇见前辈也不打招呼，只顾跟电话里的人说说笑笑""昨天在某某饭店看见他和一个打扮入时的女生出双入对，他没准出轨了"等，他们对此乐此不疲。

　　第二种，是关于办公室恋情的。

　　我们保险公司不干预办公室恋情。在一些年纪大的高层领导眼中，这是件好事，同事之间在办公室产生恋情，他们的感情也对我们保险公司温馨、和谐的办公环境起到了很好的催化作用，说明我们保险公司办公条件优越。并且他们一旦结婚，还可以促进我们保险公司的结构稳定。

　　我们保险公司里有很多同事都是夫妻，我不知道有没有促进公司结构稳定，但联系不到某位同事时，直接把消息发给对方伴侣帮助寻找，倒是很有效果。我们这些员工也很乐意看到同事之间有办公室恋情，并且经常会调侃，希望他们修成正果，到时我们也能省下一笔婚礼份子钱了。

办公室恋情一旦出现苗头，总是保险业务员们最早发现，他们最擅长察言观色。有时候主人公自己还没意识到这份感情，他们就察觉到"不正常了"。这类"八卦"新闻，最容易提起别人的兴趣。在保险业务员们的大力渲染之下，本来不一定能成为情侣的同事，也可能在他们的助攻下，真的就产生了办公室恋情，"八卦"成功了。

一些保险业务员的工作量不大，当天的工作在上午基本上就能处理完。到了下午，悠闲的保险业务员就在茶水间摆上简易茶具，泡上茶，聊起天来。

电话、网络销售部（简称电销部）在茶水间隔壁办公，里面是一群充满活力的年轻人。他们的工作，就是一刻不停地用电话向客户推销保险产品。

如果你在下午经过一楼茶水间，就会见到这样的情景：一墙之隔，一边是保险业务员们在松弛地泡着下午茶，窃窃私语聊着各种八卦；另一边是电销业务员在高声卖力地对客户说着各种"甜言蜜语"，努力争取新保单。

我和电销业务员们接触得比较少。这一部门人员流动性特别大。他们也会有案件需要理赔，不过大多数时候都是电销部门的经理代为沟通，很少有电销业务员直接找到我们的情况。

刚进我们保险公司的时候，我每次经过电销部门口都会听见热火朝天的电话推销声。他们部门里最令人印象深刻的是那面铜锣，铜锣摆在他们办公室中央最显眼的位置，有个很有意思的规定：每当有同事谈成当天第一单业务，这位同事便会拿起锣槌，朝着锣面大力敲下，响亮的锣声在楼里回荡，让全公司都知道他的成就。

我已经记不清铜锣的响声从哪天开始模糊，直到有一天，一位同事说："电销部是不是很久没敲锣了？"这时大家才恍然意识到这件事，继而走到电销部门口，发现大批工位空着，很多电销业务员离职了，电销部经理带着还在坚守的同事坐在靠前的工位，用忙碌的身影掩饰着部门的萧条，墙面上热情的口号和激情的照片还没撕下，显眼的铜锣已经被收入资料柜中。

当时国内电信诈骗猖獗，国家各部门出重拳打击。我们保险公司电销部门因为有大量的电话拨出，引起有关反诈骗监管部门的关注，用于保险电销工作的电话号码大多被封禁了。一段时间以后，我们保险公司经过多方协调、开具证明，电话号码才被允许重新启用。

随后，电销电话每天的通话量还会受到严格的监控，一旦超出警戒线，就会被调查。电销部也不能再像以前那样大量通过电话来推销保险业务了，这对他们来说是巨大打击。从那之后，电销部门的工作，基本上就只是维护老客户的保险业务，很少再有新的保险业务通过电话销售投保进来了。

大概过了一个月，我们保险公司聘请了一个施工队，对电销部工位的隔板进行改造。电销部办公室划出一半，给了一个同样因为业务量不足而减员的业务部科室。现在大家经过电销部门口，只能听见嗡嗡的低语声了，像是垂死之人的脉搏在缓慢跳动。大家选择在沉默中快速走过，似乎稍微有点儿声音，脚步从容，就会惊扰了这份失意。

后来，我听说很多保险公司也遭遇了和我们公司一样的情况，有些干脆直接解散了电销部，电销业务员们也被遣散了。

我现在还经常会接到一些其他保险公司的推销产品电话，好像这些公司压根没受到任何影响。有同事告诉我，是因为这些保险公司从市场上买了许多廉价手机号，这些手机号是被原来的主人注销后，时隔一段时间重新启用并投放于市场的。用这些手机号拨出电话不会被有关部门监控到，客户接电话的概率也高。电销保险业务员为了生存，可真不容易。

2019 年可以说是全国保险行业销售人员人数达到历史峰值的一年，在这一年，全国保险销售人员有 912 万人，几乎相当于一座二线城市的总人数。但也是从这一年开始，全国保险销售人员人数由盛转衰。

2021 年，全国保险销售人员数量开始断崖式下跌，直至 2023 年年底仅剩 281 万人。短短四年内，全国保险销售人员就有 600 多万人离岗。

这是我从官方保险行业报道上看到的统计数据。

这一数据对保险公司来说，不仅仅是一个数字，我们有更为真实的感触。我们眼看着身边有很多同事陆续离开：有的不声不响地走了；有的走前会跟大家打个招呼，说些"承蒙大家照顾，期待来日再见"之类的话。

渐渐地，往昔的热闹不复存在，公司里冷清了许多。

2021年也是我们保险公司业务部人员流动最厉害的一年，那年春节过后，保险业务员差不多离职了一半。主要原因之一是2020年9月全国开始进行的车辆保险改革。

这次改革将车辆的商业保险主险和多项附加险合并，保险费率重新调整，保费缩水，导致各家保险公司的车辆保险业务收入锐减。虽然收入减少，但保险公司的车辆保险经营成本没减少，我们保险公司每做一单车辆保险至少要亏本50元，越高级的车辆亏本越多，公司不得不想办法缩减车辆保险业务的销售量。车辆保险业务萎缩，不再需要那么多业务员和理赔员了，他们只得转型或者离职。

由于是年底，很多自愿离职的同事选择熬到公司发完年终奖再走。春节后，我们保险公司出现了一拨离职高潮，几乎每天都有同事跑到二楼递交辞呈。也是从那段时间开始，"上楼"这一话题逐渐销声匿迹了。

小王也是受影响的车辆保险业务员之一，他平日里除了维护自己的车辆保险业务，有空时还主动帮因银行业务繁忙的苏姐跑跑腿、办办事。

他大我几岁，和我同属"90后"，总是一副自来熟的模样，跟我们部门几个男生"勾肩搭背"，从游戏到影视剧，无话不谈。我刚做理赔时，第一个熟悉的保险业务员便是他。

在做保险业务员之前，他做过很长时间的二手汽车销售员，因此，他的业务渠道便是以前自己熟识的几家二手车行。购车顾客在车行买了二手车后，车辆交付时需要购买车辆交强险和商业险。顾客只要没有明确表示自己投保哪家保险公司，车行便直接把顾客的保险业务交给小王办理。

从二手车行得到的保险业务量不大，但很稳定，每个月都有三四十单，再加上他从别的渠道拉来的保险，足够他达到保险业绩要求了。为了保障业务的稳定，他和每家二手车行都签了合作协议，按照协议，二手车行每个月给他提供固定数量的车辆保险业务。车辆保险改革之后，因为我们保险公司要求缩减车辆保险的业务量，这份协议倒成了烫手山芋。每个月，他不仅要按协议照常支付二手车行的合作费用，而且每增加一单车辆保险，我们保险公司反而要扣除他相应的绩效奖金。

　　小王这个人没什么野心，平日在他身上看不到什么生活的压力。他是福建本地人，又是家中独子。家里虽不是大富大贵，但有房有车、温饱不愁，生活中没有太多让他操心的事。他知足常乐、性格开朗，爱跟同事开玩笑，喜欢给大家取外号（比如Michael的"假洋鬼子"就是他的杰作），是我们身边的活宝。然而，车辆保险寒冬的到来，让他像霜打的茄子一样"蔫了"。

　　他开始变得忧心忡忡，害怕自己失业后交不起女儿私立幼儿园的学费，有时候我和他打招呼，他还会愣神。公司里经常看不见他的身影，有些文件苏姐也要亲自送到我们办公室来。

　　小王想在我们保险公司转型做其他业务，可是转型之路十分艰难。做个人保险，他没有稳定的客户资源；做货运保险，他不认识货运公司老板；做人寿保险，我们保险公司暂时还没开展相关业务。他要想在公司待下去，只有转型做企业保险这条路。

　　企业保险前期必须积攒人脉，一个没有背景的保险业务员，需要为此投入大量的时间和金钱。不仅要自己掏腰包寻找各种人际关系，开发业务，还要想方设法维护客户，不然费心费力找到的客户，就会被别家保险公司竞争对手挖走。

企业保险业务要想做成功，不可能一蹴而就，必须耐住性子，一点儿一点儿地去开发。哪怕是如今企业保险业务做得风生水起的苏姐和徐姐，也都是从当初的步履维艰，一点点做大做强的。企业保险业务员能在行业内站稳脚跟，哪个不是花了大量的时间和心血？

每家保险公司，企业保险产品的内容都大同小异，客户在哪家投保，得到的保障都相差无几。因此，一份企业保险业务能否谈成，一方面依赖保险业务员的推销能力，另一方面则依赖保险业务员能提供多少额外的附加值。

额外附加值也比较复杂：明面上的有保险理赔服务、企业风险排查服务、保险公司协助企业进行投标认定等；暗中的有保费回扣返点、保险业务员背后的人脉关系、其他一些暗中的交易等。

尽管我一直认为在行业里业务能力更重要，但还是不得不承认，在保险销售里，"暗"和"明"同样不可或缺。不少客户之所以愿意购买某位保险业务员的保险产品，很多是看中了保险业务员的

"暗"，这就是现实。

单凭自己的能力开拓市场太难了，小王需要一些人脉关系。

有一天，小王邀请我参加一场"人脉饭局"，饭局是他拜托一位公估公司的老前辈组的局，我一直称呼这位公估老前辈为洪叔，和他打过不少交道。他和我一样也是北方人，因为这层关系，我们一直都比较亲近。

我平时最怕参加这样的"人脉饭局"，我酒量不好，在这样的饭局上有时又怕失礼，不得不喝点儿酒，往往喝得自己难受。另外，我也不喜欢恭维人，看到别人为了点儿利益点头哈腰的样子，不知什么原因，我反而感到特别尴尬。经不住小王的百般邀请，看他急需人脉的样子，我又不忍心推辞，便答应了。

我一到饭店，立刻与迎上来的洪叔握手。洪叔一只手拉着我的手不放，另一只手搂着我的肩膀，把我搂到大家面前，热情地向大家介绍："各位，各位，这是我的小老乡，在保险公司干理赔，特别优秀，处理过很多案子。"

第一次被人这样介绍，我尴尬得恨不得找个地缝钻进去。

虽然洪叔说的都是事实，但我从来没有觉得自己的工作成绩有多么突出、自己有多么优秀。我知道在这种社交场合，大家需要互相借势，但心里难免还是有些反感。

不过，这些情绪我都忍了，配合着洪叔和大家一一打招呼，握手、点头、微笑。我清楚这场饭局我就是陪衬，主要目的是帮小王找些人脉关系。

小王比我先到酒店，我坐在他旁边。客人中有两三位公估师，我与他们以前打过交道，算是熟人，其他几位是我不认识的面孔。在场所有人都比我和小王年龄大，推杯换盏间，说起场面话也比我们俩老练多了。

他们聊的话题不外乎某某业务经理拿下了某某集团的大业务，最近又出台的某某新政策，某某高管的私生活八卦，自己又买了新房、新车……

包间里亮晃晃的灯光给话题裹上了一层蜂蜜，他们有人窃窃私语，有人大声敬酒，不同的声音像群蜂飞舞，有的停在这头，有的又飞到那头，总让人抓不着。偶尔被一声清脆的碰杯声休止，片刻的低潮过后，众人又追逐另一个话题，把气氛不断地推向高潮。

因为包间太热，大家想要打开空调，但是找不到遥控器。小王拿出手机，用手机上的软件打开空调。有几个客人对此很好奇，小王便趁着这一机会，教他们怎么下载软件、怎么操作，顺势加上他们的微信。

酒过三巡，小王拉着我，一同去给一位被大家称作"潇洒哥"的保险经纪人公司经理敬酒。见我俩过来，他举起酒杯作势抿了一口，敷衍我们，继续跟身边另一位中年人绘声绘色地讲述自己三十多年前从北方来南方"下海"的经历。

当年他是某国有保险分公司的业务经理，通过关系搞到了一大批车辆保险业务。收到客户保费之后，他并没有第一时间为客户全部投保，而是拿着这些钱去做投资，用这样的方法连续投资了好几年。在此期间，如果客户出险，他就立刻在保险公司给客户"补上"保单进行理赔。如果在保险公司"补"不了保单，他就自掏腰包，谎称是保险公司支付的理赔款，向客户进行赔偿。就这样，他年复一年地拆东墙补西墙，挪用保费进行投资，积累了一大笔财富。后来，他从保险公司主动离职，跳槽到保险经纪人公司。

听他这样说，我想，当年的保险行业管理肯定非常混乱，才会让不法之人有空可钻。

其他人听完他的经历，纷纷附和。他得意地点了一根烟，享受着他人投来的敬佩目光。小王又单独向他敬了一杯酒，掏出手机，有点儿卑微地要来他的微信。

等到饭局快要散场，大家意犹未尽，又相约去附近的 KTV，准备喝第二场，也不知他们哪里来的这么多精力。我找了个托词，先回家了。

第二天上班，我见到小王一身酒气，趴在工位上打盹。我问他昨天喝到几点，他说早上 6 点才结束。他都没有来得及回家，就直接赶到公司了。

小王的模样，让坐在他附近的同事都感到厌烦。

我"夸"他昨晚真够拼命的，他说自己非常羡慕那位"潇洒哥"，抱怨自己怎么就没赶上那样的"好时代"，可惜现在已经没有这样的机会了。

我开玩笑地问："看你睡眼朦胧的样子，刚才在梦里穿越到那个时代了吗？"他听了撇撇嘴，神情不屑，继续沉浸在自己的遐想中。

我对他说："你这是只见过贼吃肉，没见过贼挨打，那个'潇洒哥'就不是一个好人。昨晚他说的那些，都是犯罪行为。要是在当年暴露，肯定会被抓起来吃牢饭的！现在可能是过了追诉期，他才敢说出来的。"

他听不惯我的说教，问我："人家毕竟财富自由了。咱们还是小咸鱼。你不羡慕？"

我说："我还真不羡慕。昧良心的钱最好别挣，还是老老实实做人比较好。"

他不理我，闷起头来装睡。

我们的聊天不欢而散。

不过小王还是幸运的。后来苏姐拉了他一把，给了他一些银行的保险业务，又给他介绍了一些人脉关系。他也用自己的方式拉来了企业保险业务，转型还算成功，留在了我们保险公司。

后来，随着车辆保险业务越来越少，我们保险公司的车辆保险理赔部也变得"人浮于事"了，负责车辆保险理赔的不少同事都离职了。他们有的去了保险公估公司，有的离开了保险行业，还有的不明去向……就像一枚枚凋落的树叶，一阵大风吹过，不知飘零到何处去了。

受这种氛围影响，那段时间我的情绪也特别低落，感觉世事难料。

一百多年前，奥地利作家弗兰茨·卡夫卡还是一名保险公司工伤事故调查员时，写过一篇荒诞小说《在流放地》，我现在的不安全感就和当年读那篇小说时产生的恐惧感颇为相似。

社会的车轮总会运转得飞快，不管哪个时代，稍有懈怠，就会跟不上社会运转的速度，被社会所抛弃。参与不到社会发展的洪流中，人生存在的价值也变得茫然。

或许有一天，为了防止更高效的 AI 取缔我们现有的岗位，我们也会像小说中一样，拼命去证明自己有用、自己的岗位有用、自己有存在的价值。至于说"AI 永远不能做有人情味的工作""碍于就业率问题不会快速普及 AI"……这些终究只是一种自我安慰的说辞，社会发展的车轮是谁也阻挡不了的。我依稀记得小时候公交车上有售票员在卖票，记不清从何时起刷卡机取代了售票员。

前不久，我偶然看见一家光伏制造厂正在招工，厂门前排着长长的报名队伍。我看了旁边的招工简章得知，这家光伏制造厂成立于 2017 年，短短几年时间已经成为一家大型规模的晶体硅太阳能单体生产基地……

我们都是社会这列奔驰列车上的乘客，不管你是满怀着希望，还是黯然失意，都会随着列车滚滚转动的车轮前进。

2022年年中，我们保险公司的业务部突然接收一批大学生来实习，终日死气沉沉的业务部再次变得热闹起来。我在公司的称呼也从"小剑"变成了"剑哥"。

实习生们时而警惕，时而害羞，时而坦率，时而活泼，就像我刚进入公司时的模样。当他们发现我的年龄跟他们最接近，对他们的态度又特别亲切时，他们便经常找机会过来和我聊天。

他们告诉我，他们专业学的都是金融，本应该去投资公司或者银行实习的，但那边实习岗位实在太少了。因此，他们只好选择来保险公司，反正保险公司也属于金融系统，学校也认可保险公司开出的实习证明。好像到保险公司实习是他们无奈的选择。

"听说有的保险公司会借着招聘管培生的名义

招聘新人，然后动员新人给家人买保险，之后再辞退新人，咱们公司有吗？" 不等我回答，他们又接着问，"业务员怎样才能在保险公司站稳脚跟？"

我说："没有，我们公司没有这样辞退过新人。想在保险公司站稳脚跟，容易，也不容易。在我们公司有两种业务员最能站稳脚跟，一种是踏实肯干、任劳任怨的，一种是有社会背景、人脉关系的。"

"推销保险时，是不是需要把保险产品内容说得夸张些、讲得好听些，更方便推销？"

"你们千万别这样做，夸大其词就是给我们理赔员找麻烦。到时候客户报来的案件不在保险责任范围内，我们拒赔了，客户收不到赔款，你们愿意自掏腰包赔给客户吗？"

后来有一位实习生，想到我们理赔部实习，当他知道我们部门会经常加班后，就问我："你们部门经常加班，是不是工资待遇特别好？"

在我如实相告之后，他撇撇嘴，说："这么少的工资，你们还加班，不可理解。"

几个月后，实习结束了，实习生们有些失望，保险公司的工作并不像他们想象中的那样简单，收入也不是他们期望中的高薪。

　　他们的时间宝贵，有无限美好的未来在向他们招手。但我知道，未来的道路也会有困难在等待他们。

一场意外和一封辞职信

2023 年 9 月，我出了一场意外。

理赔"杜苏芮"巨灾最辛苦的时候，老黄鼓励大家："等"杜苏芮"巨灾处理完之后，大家就可以好好放松放松了，调整调整状态，有想请年假的也可以趁这个空当请。谁请假我都批准。"

当时我们虽然工作很辛苦，但有请假的期望在，大家干得都很卖力，都希望早点儿结案。每个人在心里盘算，等忙完之后，请假几天，打算去哪里玩。

没想到台风"杜苏芮"案件的收尾工作还没完全结束，一进入 9 月，我们接二连三地又接到一堆出险报案。大家连抱怨的时间都没有，又投身于新一轮的案件理赔工作中了，每个人的电脑里都堆满了有待完成的理赔报告。

为了赶进度，周五晚上，我、大刘、齐哥三个人忙到 9 点多钟才下班。下班前，我们又商量着周六要不要来公司加班。

齐哥说："明天来吧，不然完成不了理赔报告，下周来不及向财务请款，都答应被保险人下周赔付了……"

大刘直摆手，拒绝道："我可不来了，这一阵儿可把我累坏了，明天说什么都要好好休息休息。要加班的话，也等周日再加吧。"

我说："我明天过来。早点儿把案子处理完，我的心里早点儿踏实。"

第二天一早，我和齐哥准时到公司加班，继续处理那些急需解决的理赔案件。

又是忙了一天，到了下午，我们的工作终于告一段落了。那些比较着急的企业，报告都写完提交系统了，剩下的就是等周一上班，提交上级审核，然后就可以等财务支付理赔款了。

我和齐哥下班坐电梯的时候，正好遇到另一个部门的女同事秦姐，她也是刚加班完准备回家。秦姐平时跟我们关系不错，今天她丈夫开车来接她下班。得知我和齐哥要去乘坐地铁之后，她坚持要我们搭车去地铁站。

盛情难却，我和齐哥接受了她的邀请。

我们保险公司大楼正对着一条主干路，路边禁止停车，但秦姐丈夫为了方便接她，就暂时把车停在主干路上了。秦姐一坐上副驾驶位就责备她丈夫："你怎么敢把车停在这里？这里到处都是监控，再待一会儿就该拍你违章了。"

齐哥一边赶紧坐进后排座位，一边催促我说："快点儿，快点儿，开罚单可就糟糕了。"

就在这种情形下，我遭遇了意外。

齐哥刚坐进车里，出发心切的秦姐丈夫以为我也坐上来了，就启动了汽车。当时我正扶着车门，一脚踏进车里，另一脚还在车外，汽车启动的瞬间把我拖拽倒了。我还没有反应过来是怎么回事，身体就失去平衡，一个跟跄，脸朝下，摔趴在马路上，左膝盖重重地磕到了路牙石上。

见我摔倒，秦姐的丈夫连忙刹车，三个人跑下车扶我起来。

我感觉站不起来，左膝盖使不上劲儿了。幸好秦姐丈夫刹车及时，如果被车拖带或被车轮轧碾，后果不堪设想。我的左膝被磕破了一条3厘米的口子，鲜血流淌不止，我赶紧拿出包里携带的纸巾，按压伤口止血。

路上，秦姐和她丈夫不断向我道歉，担心我出事，立刻载我去了医院急诊。急诊医生安排护士给我的伤口进行了清理包扎，止住了血。

医生建议我住院观察一段时间，但一想到还有那么多理赔案件等着我做，我不由得焦虑起来。再加上当时包扎完伤口之后膝盖已经不痛了，我觉得已无大碍，便谢绝了医生的建议。

看到伤口不再出血，我本以为这次摔伤已经治好了，可没想到，一晚上之后，受伤的膝盖皮下又红肿起来，开始疼痛。我到自己家附近的小诊所找医生看了一下，他给我开了一盒止痛膏药，贴上膏药后，舒服多了。

过后的几天里，膝盖肿痛反反复复，因为还有大量工作未完成，我强撑着天天正常上班。这种情况持续了差不多一周，我的膝盖才逐渐消肿。但从那之后，我走路时膝盖总是感觉不太舒服，时常伴有痛感，时好时坏。

有一次膝盖疼得实在受不了，我就请了半天假，去医院检查。通过一系列的检查，我被诊断为"半月板和韧带严重损伤"。医生说："你怎么那么能忍痛，耽误了这么多天的治疗，这种情况保守治疗已经没有效果了，最好手术治疗，不然越拖越严重。"

如果不及时手术治疗，我的膝盖只会越来越糟糕。但手术过后，必须有半年到一年的静养、康复时间，在这段时间内，我不可能再去上班了。

一时间，我没法接受这一现实。

康复和治疗需要这么长时间，我考虑辞职了。

我把自己目前的病情和想法告诉了父母，他们的态度是：手术尽快做，但是辞职的事让我再考虑考虑。

我能理解他们的担忧，当下的就业形势严峻，找工作不容易。而且，保险理赔工作我也做得得心应手了，和同事相处得也比较愉快，离开这一岗位之后，我很有可能再也找不到这么合适的工作了。

以前，我在保险理赔的主业之外，会写点儿东西。受伤前，我写的文章投中过一些杂志，收到过几笔微薄的稿费。但那只是业余爱好，我还没有自信以写作为生。要去从事写作吗？

一个巨大的人生选择摆在我面前。

我找到专职写作的朋友，想让他帮我出出主意。朋友得知我的情况后，很为难地说："我没有办法给你出主意，上班有好的一面，也有坏的一面，写作也是一样。我只能告诉你，专职写作跟自己开公司、创业没有什么两样，不如上班有保障。想在写作上做出点儿名堂非常难，人际关系会比上班时更复杂。主意还得你自己拿，你要好好想清楚。"

这几天，我反复权衡：在保险公司工作代表着稳定的生活，只要干好自己的本职工作，遵守公司规定，每个月就可以领到一份固定的工资，并且不用操太多的心。

专职写作代表着收入不稳定，不能保证将来的生活。不仅如此，每天写什么？怎么写？花多少时间写？全部的计划都要自己来制订，付出的精力会比在保险公司工作多得多，甚至费尽心思写出的作品，也不能保证能有所回报。到头来，所有的心血都有可能白费，最后一事无成。

我到底想过什么样的生活？我能为将来的生活付出多大的代价？在人生的十字路口，面临选择，真是太难了。

思想斗争了一段时间后，我感觉自己更适合写作。我对从事写作鼓足了勇气，愿意为了写作而付出心血。至于将来能不能有所回报，只有坚定地走下去才知道。

晚饭时，我把辞职的决定告诉了父母。开口前我想象了他们可能出现的反应，没想到他们平静地接受了，没有怎么反对，只是说："你做好决定就辞职吧，我们尊重你的决定。"看来这几天，他们也一直在思考我将来的出路。

之后，我就开始写辞职信了。

想起刚上班那会儿，曾因为工作压力太大，写过一封没有递交的辞职信，我从电脑里把它翻了出来，读着读着就替以前的自己感到尴尬。比如我提到自己累得视力下降、身体发福，以此来说明自己不适合这份工作；因为各种内在和外在的原因，没办法提升自己，为此痛苦不已，想要寻找更适合自己的岗位……整篇辞职信，像是小孩儿受了委屈后的抱怨、发泄。

多亏自己当时没有把辞职信递交上去，不然让老黄看到了，不知道该怎么说我。现在的我，不论是心境，还是想法，都已经跟当时截然不同了。

重新写辞职信的时候，我不再去刻意找一些理由了，很平淡地写道：

　　尊敬的黄总：

　　　　来公司三年多了，很感激您及公司的
教导和照顾，本人受身体影响，现向公司
提出辞职申请……

　　老黄知道我的身体状况。当时我因为膝盖疼痛，走起路来一瘸一拐。有一次，老黄叫我到他办公室去汇报工作，我正感到腿不舒服，被他看到了。第二天，他送了我一台小型脉冲理疗仪，说："这台理疗仪是我以前肩膀扭伤买的，很好用，既能放松肌肉，也能止痛，你拿回家试试看。有效果的话，你就留着吧，不是什么多贵重的东西，还是我用过的，别嫌弃啊。"

　　老黄真心实意，我就收了下来。回家后，我一直在用，确实有效果，甚至后来我在做完手术康复训练时，肌肉酸痛，理疗仪也给我起到很大的缓解作用。

　　当我拿着辞职信来到老黄办公室，解释辞职原因时，他没有特别惊讶，关切地问："你膝盖伤到这种程度了吗？必须手术吗？"

　　"是大意了啊。"我惭愧地说。

"要不要去其他医院再确认一下？去北京、上海再看看有没有更好的治疗方案，先不要提出辞职。"

"我也都托人问了，不及时做手术的话，会越来越严重。"

老黄若有所思地点点头，摸了摸下巴，又想到一个办法说："欸！要不我给你申请停薪留职怎么样？你算算整个治疗时间需要多少天，我给你再多申请一个月的休息，就当放个长假了。我找葛总卖个面子，他耳根子软，肯定会批的。然后我再跟人事部打个招呼就行了，一点儿都不麻烦。"

我摇摇头，觉得还是算了，便说："不用麻烦了。"

老黄看我去意已决，就不再做过多挽留了，叮嘱道："你记得把辞呈通过邮件发给我，葛总、人事那边也都发一下，记得发邮件的时候不要选抄送。你在系统填写离职申请的时候，离职时间一定要填精确了，不然会很麻烦，一旦到离职时间，你的电脑就打不开了，你也进不了公司了……"他事无巨细地跟我交代。

从老黄办公室出来，我回到工位，长舒了一口气。网上流行一个词叫"裸辞"，指在没有找到下一份工作的情况下突然辞职，不考虑后路。递交辞职信之后，我想，我现在也应该算是"裸辞"吧。

过了一会儿，欧阳带着一脸难以置信的表情，敲敲我的工位玻璃，问道："你要辞职了？！"看来是老黄告诉他了。

还没等我回答他，齐哥先我一步惊讶地说："啊？！小剑你不是干得好好的吗？怎么突然要辞职？是不是受谁欺负了？我替你出头，找他麻烦去！"

大刘、华姐、胡工也都纷纷放下手上的工作，疑惑地看着我，好像我忽然间变成了一个外星人。

我只好耐心地向他们解释我膝盖需要做手术，我也想换份工作了。

"做膝盖手术？是那天摔伤造成的吗？怎么这么严重哇！"齐哥道，因为发生意外那天他也在场，他就跟大家描述了一番那天乘坐秦姐家的车的经过。

我不想给秦姐造成心理负担，就拜托大家一定不要对外宣传齐哥说的事。

短暂的惊异之后，大家也都接受了我即将辞职的事实。

第二天，其他部门的同事也知道我要离职的事情了。业务部那边反应最大，尤其是 Michael 和苏姐，担心我走了之后，再招的新人理赔员没有我这般尽心尽力，问我能不能撤回辞职申请，办停薪留职多好啊。我说："我已经递交上去了，不好撤回了。"

小王听说我膝盖要做手术，非要给我介绍一位老中医。他说："骨头这东西，西医只知道做手术，中医的方案更多。这个老中医是我家邻居，很有经验的，有人从内蒙古千里迢迢过来找他看病呢，我带你找他去！"我听罢，委婉地拒绝了他。

还有位同事给了我一张他妻子所在公司的名片，是一家在我们当地小有名气的影视公司，他说："小剑，我听说你平时会写小说，我老婆他们的公司长期招聘编剧，我觉得这份工作更适合你。等你身体好了，就去找她，说是我推荐的。年轻人就该换换环境，不要老困在原地啊。"我把名片收下，真诚地感谢他的关心。

老黄为了欢送我离职，在我们公司附近的饭店安排了一场部门聚餐，饭桌上欧阳感慨，说我是他带过的最好的新人。我以茶代酒，感谢他平日里对我的指导和关照。

胡工有点儿洋洋得意地对我说："我之前就算

过，理赔你做不久的，被我说中了吧，你是月上偏财众人抬……理赔真不适合你。别害怕！今后你会越来越好的……"

齐哥对我说："咱们只是短暂的离别，今后还有重逢的时候呢。"

大刘和华姐也对我说了类似的话。老黄叮嘱我："好好养病，好身体比什么都重要。你要想回来，随时联系我，我们非车理赔部的大门时刻对你敞开。"

大家这顿饭吃得很开心，不像我想象中的那般有多煽情。

之后半个月，我就开始了交接工作，不再接新的案件，一些短时间内没有进展的案件都交接给大刘和齐哥。

在公司的最后一天，一到下班时间，我的电脑桌面就被锁死了，它提醒我该离开了。其他同事还在加班，我临走前和大家一一道别。

"再见了！"

我正式辞职了。

刚离开公司那几天，齐哥和大刘还会在微信上找我，跟我了解一些出险客户的信息，做一下案件的后续对接，渐渐地，他们就不再需要我的帮助了。我慢慢开始调整自己的生活。

　　我每天的作息依旧是和上班时一样，早上 6 点半起床，晚上 11 点睡觉。我白天的时候写写东西，晚上看看书，做点儿别的事情。因为不用再通勤了，直接省下了一个多小时，做事情的时间变得更充裕了。

　　我的生活重新回到了自己的节奏里，仿佛辞职只是一个平静的转弯。一切都过渡得那么自然，并没有我预想中的那么失落。我依旧遵循着相似的日程，只是这个时间表不再属于公司，而是完全属于我自己了。

后记

辞职一周后，医院通知我可以做手术了。

三天后，我进行了手术。手术过程很顺利。术前我做的全麻，我至今还清楚地记得，我被推入手术病房后，麻醉师给我吸了一口麻醉药，问我皮肤怎么保养得这么好，我说："没有专门保养过，只是每天习惯用冷水洗脸，早晚各一次……"

我记不得自己最后是不是还说了些什么，意识已经飘到九霄云外了。

再醒来时，我的身体像是从水下被捞起来一样，沉重不堪。一位医生在我眼前伸出手指，让我识别，我挣扎半天才嘟囔出"3……2……5……"我好像还没回答完，就感觉自己身下的手术床被一股神秘的力量推走了，从一处光亮刺眼的地方推到另一处不太明亮的地方，然后身体被人抬起、放下，父母和弟弟的呼唤声在远处缥缈不定，我意识到自己回到病房了。

手术之后，最先恢复的是痛觉，腿不动还好，一动就痛得钻心，我努力控制着，不让自己表现出来，怕家里人担心。手术之后的第三天，我就必须下地做康复训练，以便恢复行走能力。我只好忍痛按医生的要求去做，虽然手里扶着助步器，但每走一步，都是剧痛。疼痛之下，我还要想着如何协调身体，调动做了手术的下肢，调整自己的脚步。我每天都要做重样的康复，保证腿部能够顺利恢复功能。这段日子，疼痛始终伴随着我。正所谓"伤筋动骨一百天"，三个月后，我差不多康复了，走路时，做手术的膝盖已经感觉不到疼痛了。

身体一旦恢复健康，我就开始考虑自己今后的生活了，新的人生规划不断在我脑海中构想。

离开保险公司之后，我没有再想过保险公司的事，好像保险公司已经平静地从我的生活中消失。再提到保险公司，我就是一个局外人了，在保险公司的工作经历，都成了曾经和回忆。

"保险公司"只是我人生中的一段旅程，到站了，我就下车了，又开始自己新的人生旅途。

　　刚离职那阵儿，我一度想删掉自己保存在电脑里的辞职信，忘掉在保险公司工作的记忆，一如搬家时丢掉所有没用的东西，和过去彻底告别一般。我本来以为，保险工作和自己今后想从事的写作工作不会有什么关联了，二者之间像是平行线，不可能有什么交集。

　　"辞职信"像一份纪念品，存放在我的电脑桌面上，它象征着我在保险公司工作过的三年半。写作不顺利的时候，我特别焦虑，常常怀疑自己做出的选择是否正确。

　　朋友劝我别拧巴，应该开心点儿，给我发来"YOU ARE FREE"（你自由了）的祝福。可我始终开心不起来。

　　那段时间特别流行"断舍离"的说法，人们会把所有代表过去生活的一切清空，迎接新生活。我不得不承认，这种想法很诱人，它能营造出一种新生活有待填充的仪式感。

　　不过这样的想法被我打消了。养病期间，我和朋友在网上聊天时，忽然意识到不管是我过去的经历，还是身边的朋友，都是构成我生命的一部分。保险公司的工作经历塑造了现在的我，尽管我离开了，但这段工作经历令我难以忘怀。

轻易抹杀自己的过去，就是对自己的否定，只有错误的选择才需要否定。我在保险公司的工作经历并不是一个错误，而是一段弥足珍贵的经历。

以往已出版的经典作品，涉及保险元素的故事，大多是悬疑犯罪，比如贵志祐介的《黑暗之家》、詹姆斯·M.凯恩的《双重赔偿》……以保险欺诈为主题的电影更是数不胜数。

我不想与他们雷同。不是这样的故事不值得写，而是这样的故事已经成为一种大众刻板印象。我的脑海里暂时还没有能打破这种刻板印象、让大家接受的新形象出现。

我更想从另一个角度，真实地给大家呈现出自己眼中保险工作的内容和状态。

在写作的过程中，我经常会想：我写这些到底想表达什么，展示我的经历和见闻吗？如果仅仅是为了展示，我有必要如此大费周章、消耗精力、占用时间吗？再说了，我还不知道最终读者会不会喜欢。

其实，我最初是想写一部虚构的小说，写虚构小说可以大胆杜撰，戏剧化的情节更方便把想象的内容呈现出来，富有冲突，也更能吸引人。

相较之下，写现实的故事太有风险了。

我们很难准确地把现实世界的面貌完整、真实地描绘出来，毕竟每个人眼中的现实世界都是不一样的，每个人对现实世界的解读也有所不同。现实生活有一种抵抗被书写成文字的魔力，海量的细节、前因后果、时空的跨越、人物心理活动等，压缩成文字绝非易事。

另外还有一点，在现实生活中，会不会有人对号入座，将自己与书中的人物联系起来，对作者的描述产生不满？读者是否会相信一些比虚构小说还要离谱的现实情节？凡此种种，我都无比担忧。

这不是一本功能性的书，而是一本基于我短暂的保险行业从业经历中的见闻写出来的作品，我也只能以自己有限的见识，让大家管中窥豹了。如果大家能从这本书中有所收获，我就很满足了。

整本书慢慢写完，就像一栋大楼即将封顶，尽管后面还有很多工作要做，但那些工作相对而言就是楼里的装修了。

最后的封顶环节便是致谢部分，写到这里，我才好像突然意识到，本书的写作即将结束了。

感谢我的父母，一直支持着我的写作，感谢他们对我从保险公司辞职踏上写作之路的理解，感谢他们对我现在生活和写作的保驾护航。

感谢安迪斯晨风老师对我的帮助，他一直是我写作路上的灯塔。

感谢阿剑的死忠粉某野、阿剑的死忠粉某兔、阿剑的死忠粉某鸣（三位好朋友强烈要求以"阿剑的死忠粉"冠名），以及肖何人、不甜、狗神、爪木、支离叟、吉良、火龙猫、老汤、littlehey，谢谢你们帮我阅读初稿，从读者角度提出建议。没有你们的支持和鼓励，这本书恐怕无法写作下去。感谢清晏在第六章帮我画的德国黑背犬简笔画。

这是我的第一本书，尽管还有很多缺陷和不成熟的地方，但目前我用尽了自己的全力。

最后，我想借德国作家托马斯·曼在短篇小说《沉重的时刻》的一句话表达自己的心声："真的完成了。它可能不好，但是完成了。看吧，只要能完成，它也就是好的。"

为了避免给现实中的机构和个人带来困扰，本书中所有涉及的机构、个人均使用了化名。

有光

— 要有光！—

主　　编｜安　琪
策划编辑｜安　琪
文字编辑｜吕延旭　钟　迪

营销总监｜张　延
营销编辑｜张　璐

版权联络｜rights@chihpub.com.cn
品牌合作｜zaq@chihpub.com.cn

至元
CHIH YUAN CULTURE

出品方　至元文化（北京）
CHIH YUAN CULTURE

Room 216, 2nd Floor, Building 1, Yard 31,
Guangqu Road, Chaoyang, Beijing, China